Stefan Wolf

Giftalarm am Rosenweg

Pelikan

ISBN 3-8144-1103-X

Gesamtleitung und Textredaktion: f-press
medien produktion gmbh, München, Egon Fein
Umschlag-Gestaltung und Text-Illustration:
Reiner Stolte, München
Graphische Gestaltung: Heinrich Gorissen, München
Druck und Bindung: Clausen & Bosse, Leck
Schrift: 10/12 Punkt Palatino
Printed in Germany
Auflage 15 14 13 12 11 10 9 8 7 6 5

Inhalt

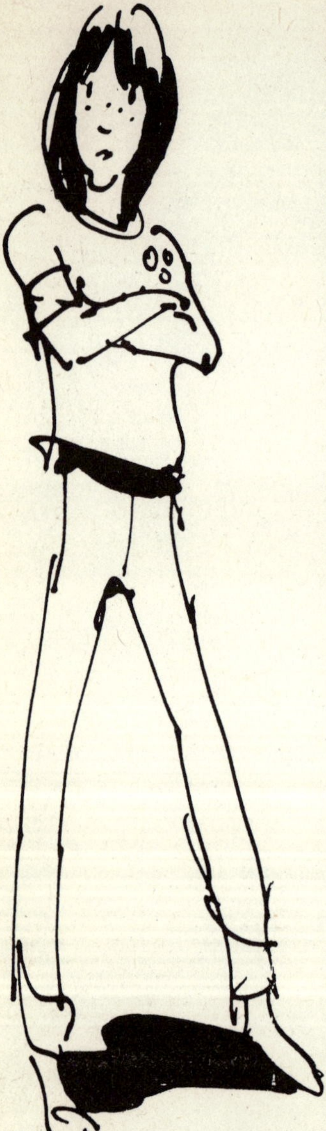

LOCKE

hat diesen Spitznamen, weil sie *keine* Locken hat. Oder besser gesagt: nur ganz, ganz wenige, und das auch erst seit vier Jahren. Dabei war es ihr sehnlichster Wunsch als Kind gewesen, den Kopf voller Locken zu haben. Nina Rehm, wie Locke wirklich heißt, ist noch nicht ganz 15 Jahre alt, geht in die 9. Klasse des Gymnasiums und kurvt mit Vorliebe auf ihrem Mofa durch die Gegend. Wenn's das Wetter zuläßt, trägt sie dabei einen wagenradgroßen Strohhut. Weiterer Steckbrief: Groß, schlank mit langen Beinen, langes, kastanienbraunes Haar, nußbraune Haut, schmales Gesicht mit dunklen Augen und einem schön geschwungenen Mund. Locke ist ein „Temperamentsbolzen", sie hat mehr Unternehmungsgeist als zehn Jungens. Eine typische „Macherin", aber trotzdem durch und durch weiblich. Sie will immer und überall helfen – Menschen und Tieren. Locke lebt mit ihrem Vater Gunter und Bruder Mike zusammen. Ihre Mutter – eine Französin – wurde nach kurzer Ehe geschieden. Sie wohnt heute in Paris.

TOM

wird nur so genannt, weil er sich über seinen echten Namen grün und blau ärgert. Er heißt nämlich Engelbert, mit Nachnamen Conradi, nach einem Großvater von Mutters Seite so benannt. Aber Tom paßt nun mal besser zu einem athletisch gebauten, großen Jungen, der auch noch perfekt in Karate ist, der waffenlosen japanischen Kampfkunst. Er geht in die 10. Klasse desselben Gymnasiums wie Locke. Alle mögen den blonden Jungen. Und das nicht nur wegen seines offenen, sympathischen Gesichts, sondern weil er – genau wie Locke – ein echter hilfsbereiter Kumpel ist, immer zur Stelle, wenn's um eine gute Tat geht. Er drängt sich selbst nie vor, sondern läßt sich zumeist – und das nur zu gern – von Lockes Unternehmungsgeist mitreißen. Denn er und Locke – naja, die sind nun mal unzertrennlich. Noch ein unverwechselbares Kennzeichen hat der knapp 16-jährige: ein tiefblaues und ein grünes Auge. Tom lebt bei seiner Mutter Helga, einer Tierärztin. Seinen Vater hat er schon vor Jahren verloren.

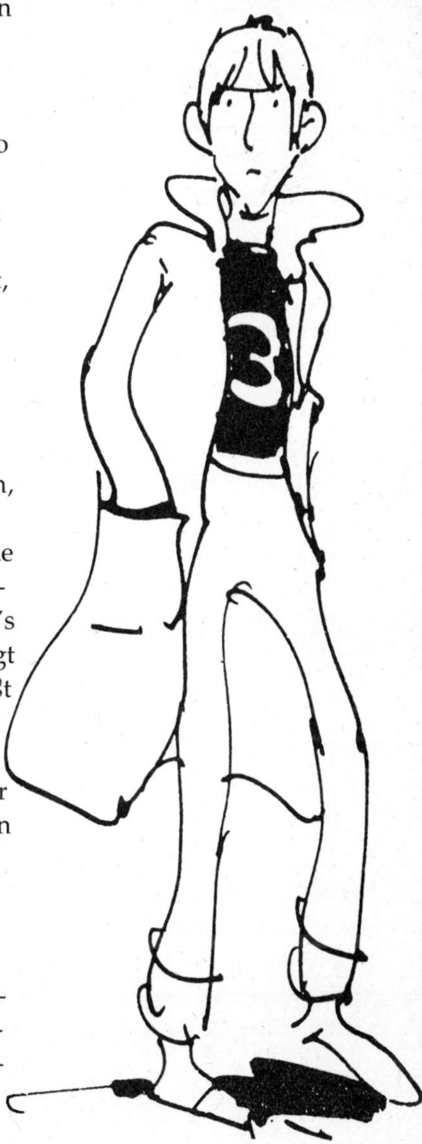

GUNTER REHM
ist Lockes Vater, 44 Jahre alt und Lokalredakteur bei der größten Tageszeitung seiner Heimatstadt, einer ansehnlichen Großstadt, im übrigen, mit Straßenbahn, vielen Buslinien, mehreren Autobahn-Zubringern und einem Bundesliga-Verein. Der großgewachsene, etwas hagere Journalist deckt mit Vorliebe Mißstände auf und gilt deshalb bei allen, die keine reine Weste haben, als unbequem. Er kennt das Geschehen in der Stadt ganz genau, weil er es täglich hautnah erlebt. Gunter Rehm hat ein prima Verhältnis zu seinen Kindern Locke und Mike, malt in seiner Freizeit gern Porträts und spielt Tennis wie ein Meister. Seine liebste Partnerin: Dr. Helga Conradi. Aber das nicht nur auf dem Tennisplatz. Madeleine, seine einstige Frau, Lockes und Mikes Mutter, ist nach kurzer Ehe in ihre Heimat Frankreich zurückgekehrt. Sie hatten ganz einfach zu jung geheiratet, ohne sich so richtig gekannt und zueinander gepaßt zu haben. Als sie dies einsahen, trennten sie sich, aber sie waren einander deshalb nicht gram. Madeleine, die eher ein unabhängiges Leben bevorzugte, überließ die Kinder ihrem Mann.

MIKE
könnte die Mädchen reihenweise um den Finger wikkeln, wenn er wollte, und tatsächlich hat der Sonnyboy auch mehr als eine Freundin. Er heißt Michael Rehm, ist 19, Lockes großer Bruder, und er geht in die Abiturklasse. Nebenher schreibt er als freier Mitarbeiter für die lokale Tageszeitung. Vater Gunter Rehm ist sein großes Vorbild. Hobby: Fußballspielen, und zwar als Libero beim FC Eintracht. Der gutaussehende, breitschultrige Frauentyp Mike hat die braunen Haare und grünen Augen seiner fast schon vergessenen französischen Mutter. Mit Charme und spitzbübischem Lächeln kann er jeden Gegner entwaffnen, aber auch durch mitunter erstaunliche Beharrlichkeit (manche behaupten freilich, Mike habe einen Dickschädel) zur Verzweiflung bringen. Mike ist alt genug, um zu verstehen, daß weder Vater noch Mutter am Scheitern ihrer ebenso kurzen wie unüberlegten Ehe schuld waren.

DR. HELGA CONRADI
ist Toms Mutter, von Beruf Tierärztin – bei ihren vierbeinigen Patienten und deren Frauchen beliebt, von den Herrchen bewundert und verehrt. Ist auch kein Wunder, denn Helga sieht mit ihren 42 Jahren höchstens wie eine Dreißigerin aus: Blaue Augen, lange goldblonde Haare, schmales, ebenmäßiges Gesicht. Wirklich eine sehr attraktive Frau, und dazu auch noch überaus sportlich, was ihre schlanke Figur bestätigt. Beim Tennis gewinnt sie ab und zu sogar gegen Gunter Rehm einen Satz. Ihr Mann ist an einem heimtückischen Leiden gestorben, als Helga noch keine 30 war. Tom kann sich kaum an seinen Vater erinnern. Der Dritte in ihrer Familie ist der treue Nicki, eine ebenso lustige wie wachsame Mischung aus Boxer und Wolfshund.

OMA
wird Elisabeth Rehm von allen genannt. Sie ist 72 Jahre alt, Gunter Rehms Mutter, und sie lebt allein in einem hübschen, verwinkelten Häuschen im Grünen, mit einem großen Garten und geradezu riesenhaften Sonnenblumen. Birkenrode heißt Omas Wohnort. Er liegt ein bißchen außerhalb der Stadt, aber nah genug, damit es für Locke und Tom zu häufigen Besuchen reicht. Und darauf freut Oma Rehm sich natürlich. Nicht nur, weil sie ihre Enkelin und deren Freund gern mag, sondern natürlich auch ein wenig deshalb, weil die beiden jungen Leute ihr stets helfend beistehen. Ihr Mann, ein Lehrer, ist vor zwei Jahren gestorben. Jetzt ist „Frau Holle" die Gesellschafterin der liebenswerten weißhaarigen Dame, eine ebenso betagte Katzenmutter, die Elisabeth Rehms alte Tage getreulich teilt.

Stefan Wolf

Locke und Tom greifen ein

Hundejäger töten leise
Terror durch den heißen Draht
Giftalarm am Rosenweg

1. Verstärkung durch Nicki

Locke stieg aus dem Schwimmbecken und nahm die Badekappe ab. Gechlortes *(keimfreies)* Wasser perlte auf ihrer Haut. Sie hüpfte auf einem Bein, dann auf dem andern und hielt den Kopf schief – mal nach dieser, mal nach jener Seite, um rauszuschütteln, was in den Ohren schwappte. Die paar Tropfen schwappten nicht wirklich, aber es fühlte sich so an.

Höllenlärm füllte das Schwimmbad. Mindestens 2000 Besucher waren hier, zu Wasser und zu Lande, aalten sich in der Sonne oder plantschten in einem der vier Becken. Die Sprungbretter erzitterten unter dem Ansturm der Springer, die mit Salto, Schraube, Bombe oder Hechtsprung ihre Künste vorführten.

Gestern hatten die Sommerferien begonnen. Man merkte es.

Locke beugte sich über den Beckenrand. „Also gut, ich frage ihn", sagte sie zu Gina.

„Wenn du's ihm richtig sagst, macht er's bestimmt." Gina war noch im Wasser und hielt sich an der Überlaufrinne fest.

„Klar. Wäre ja auch nett. Ich hätte Lust."

„Dir schlägt er doch nie etwas ab. Deinetwegen würde er sich ein Bein ausreißen", behauptete Gina.

Sie meinte Tom.

Locke lächelte. Sie war braungebrannt. Der himmelblaue Bikini paßte hervorragend. Ihr Haar war nur an den Spitzen naß, umrahmte das Gesicht und fiel lang auf den Rücken.

„Ich warte hier", sagte Gina.

Sie war eine zierliche Blondine mit vielen Sommersprossen, die älteste von drei Geschwistern und Lockes Freundin, seit kurzem.

Während sie im 20 Grad warmen Wasser blieb, durchquerte Locke das Gewimmel. Eine Menge Jungs lag und hockte herum und ließ die Mädchen Spießruten laufen, sparte jedenfalls nicht mit Bemerkungen und Blicken.

Locke hörte begeistertes Gejohle und anerkennende Pfiffe und wußte, daß sie gemeint war. Keine Bemerkung entging ihr. Aber anmerken ließ sie sich nichts.

Sie überquerte die Liegewiese bis in die hinterste Ecke.

Dort lag Tom auf der Decke, bäuchlings, und las. Auch er war braungebrannt, aber nicht ganz so wie Locke.

Sie setzte sich neben ihn. Mit feuchter Hand klatschte sie ihm auf den Rücken.

„Au! Na, wie war's? Ist das Wasser immer noch so naß?"

„Im Gegenteil. Es krümelt. Hast du Lust zum Zelten? Ich habe Lust."

„Zelten? Wann? Wo?"

„Du mußt auch noch fragen, mit wem. Denn wir wären insgesamt fünf."

„Fünf?" meinte er entsetzt. „Ich dachte, wir zwei. . . Und wer sind die anderen?"

„Die Mücken."

Das bezog sich auf Gina, ihre 10jährige Schwester Annegret und den 8jährigen Bruder Max-Peter. Die drei hießen mit Nachnamen Mück, daher stammte der Spitzname ‚Mükken'.

Tom hielt das blaue Auge geschlossen. Mit dem grünen blinzelte er. Im blonden Wuschelhaar hingen Grashalme. Locke versuchte, in seiner Miene zu lesen.

Begeistert ist er nicht, dachte sie. War ja zu erwarten. Gina nervt ihn mit ihrem verliebten Getue, wobei sie gar nicht merkt, daß alle andern es merken. Und auf die beiden Kleinen muß man aufpassen wie – ja, wie auf eine Tüte Mücken.

„Wer hatte denn diese Schnapsidee?" erkundigte sich Tom.

„Mäxchen und Anne. Du weißt doch: Seit Frau Mück geschieden ist, fehlt es hinten und vorn. An eine Urlaubsreise können die Mücken nicht denken. Aber sie haben den Schrebergarten draußen am Rosenweg. Mäxchen und Anne wollen dort unbedingt zelten. Und natürlich im Zelt übernachten. Darum geht's ja. Aber Frau Mück läßt das nicht zu, weil es zu gefährlich ist. Wegen den Leuten aus der Barackensiedlung."

Die Barackensiedlung war berüchtigt. Dort verging kaum eine Nacht ohne Polizeieinsatz. Schlägereien gehörten zur Tagesordnung. Die meisten Bewohner waren vorbestraft. Und wer nicht zu ihnen gehörte, den brachten keine zehn Pferde dort hin.

Die Barackensiedlung lag in der Nähe der Schrebergärten.

„Hm." Tom schloß das grüne Auge und blinzelte zur Abwechslung mit dem blauen. „Und?"

„Die Mücken haben ihre Mutter bekniet. Sie erlaubt es nur, wenn die drei in guter Obhut sind. Dich hält sie für verantwortungsvoll – mag der Himmel wissen, wie sie darauf kommt. Außerdem könntest du die Mücken beschützen, falls", Locke verdrehte die Augen, „nächtliches Unheil sie heimsucht. Bist ja immerhin bekannt als Karate-Tom mit der eisernen Faust. Also, liebster Engelbert: Von dir hängt es ab, ob Mäxchen und Annegret und meine beste Freundin Gina-Babette Mück im Schrebergarten zelten dürfen – oder nicht?"

„Warum haben die eigentlich alle Doppelnamen: Gina-Babette! Max-Peter! Anne und Gret. Hm?"

„Naja, das ist so wie bei Engel und Bert."

„Wenn du mich ärgerst, sage ich nein."

„Eigentlich wollte ich dich gar nicht fragen." Sie lächelte süß. „Ich wollte dir nur mitteilen, daß wir heute nacht im Mückschen Schrebergarten zelten. Gina sorgt für das Abendessen. Auch für die Zelte ist gesorgt. Die Mücks haben zwei. Das große nehmen Gina, Anne und ich. Das kleine kannst du mit Mäxchen beziehen. Es hat Löcher."

„Löcher? Heute nacht soll es regnen."

„Diese Woche soll es überhaupt nicht mehr regnen." Locke stand auf. „So, dann werde ich Gina die Freudenbotschaft überbringen. Wahrscheinlich fällt sie dir um den Hals."

„Noch ein Grund, nein zu sagen."

Locke lachte. „Was kann sie dafür, daß sie nicht dein Typ ist? Sie findet dich toll. Sei froh! Es gibt nicht viele, die das von dir denken."

„Jaja."

Er weiß ganz genau, daß er überall beliebt ist, dachte Locke. Aber es ist ihm egal. Jedenfalls tut er so.

„Ich möchte zum Abendessen", sagte Tom, „Vollkornbrot mit Butter und Zwiebeln. Das riecht zwar nicht gut. Aber Mäxchen wird's ertragen. Übermittle Gina bitte diesen meinen Wunsch."

„Was darf es sonst noch sein? Vielleicht eine Wärmflasche, damit du gut schläfst? Zwiebelbrot! Eine Zumutung. Nicht mal unter freiem Himmel halte ich das mit dir aus. Vergiß bitte nicht: du bist mit drei jungen Damen zusammen. So, und nun lies weiter!"

Sie schritt davon.

Tom sah ihr nach, vertiefte sich wieder in sein Buch und hörte dann, wie beim Becken gejohlt und gepfiffen wurde.

Das galt Locke.

Geschieht ihr recht, dachte er schmunzelnd.

★

Alle Mücken waren blond, alle hatten Sommersprossen. Anne sah aus wie eine Elfe, Mäxchen wie ein Lausejunge. Die beiden vertrugen sich, spielten auch miteinander.

Sowas kommt vor – sogar unter Geschwistern.

Die Sonne stand tief. Abendrot übergoß den Himmel im Westen. Dort, unweit des Bahndamms, standen die Barakken. Aus Blechschornsteinen stiegen dünne Rauchsignale. Gestalten gingen umher. Wagen kamen an. Viele der Bewohner hatten Motorräder. Das Röhren drang bis hierher, obwohl die Entfernung erheblich war.

Tom hatte die beiden Zelte im Mückschen Schrebergarten

aufgestellt, saß jetzt auf der Gartenbank an der Laube und sah zur Siedlung hinüber. Was dort vorging, interessierte ihn nicht. Aber zwischen der Schrebergarten-Kolonie *(Kolonie = Ansiedlung)* und dem verrufenen Viertel lag freies Feld, ein Brachland – der bevorzugte Spielplatz von Anne und Mäxchen.

Auch jetzt waren sie dort. Sie spielten Federball, wofür hier der Platz fehlte. Frau Mück hatte Küchen- und Blumenbeete angelegt. Man mußte achtgeben, um nichts zu zertrampeln.

Tom ließ die beiden nicht aus den Augen.

Er paßt auf, dachte Locke. Frau Mück hat Vertrauen zu ihm. Das schmeichelt.

Sie war mit Gina in der Laube. Die beiden bereiteten das Abendessen. Das heißt, sie belegten Brote. Ein Spirituskocher lieferte heißes Wasser für Tee. Zwiebeln gab es nicht. Aber direkt vor Toms Nase befand sich ein ganzes Beet.

Wenn sein Dickschädel sich meldet, dachte Locke, erntet er und kaut uns was vor. Aber dann ist es nichts mit einem Gutenachtkuß. Seine Schuld, wenn er nicht daran denkt.

„Das hier ist ein richtiger Stinkekäse", sagte Gina. „Den mag Tom doch so gern."

„Wie kommst du auf die Idee? Er haßt stinkende Nahrungsmittel. Den Käse kannst du essen."

„Aber er schmeckt. Probier mal!"

„Nicht für Geld! Ich liebe Frische in Mund und Hals. Dreimal täglich putze ich mir die Zähne – und da kommst du mit Stinkekäse. Wo sind wir denn hier? Im Schrebergarten?"

Gina lachte. Sie war harmlos, zwar genauso alt wie Locke, aber fast noch kindlich und – ungeküßt, wie sie ihrer Freundin verraten hatte. Neuerdings schien sie aufzuholen, was ihre seelische Entwicklung betraf, und verliebte sich in jeden Jungen, der halbwegs nett war.

Daß sie Tom himmlisch finde, hatte sie Locke anvertraut – und neidlos hinzugefügt: „Aber für den sind ja alle andern Mädchen gestorben. Der hat nur Augen für dich. Bestimmt heiratet er dich. Ja, lach nur! Ich wette darauf."

Das fiel Locke jetzt ein, während sie den besagten Käse naserümpfend beiseite schob.

Dann überließ sie Gina das Feld, denn alles, was an Küchenarbeit erinnert, gehörte nicht zu Lockes Leidenschaft.

Sie ging hinaus und setzte sich neben Tom. Er legte den Arm um ihre Schultern.

„Kriege ich Zwiebelbrot?"

„Du machst mich wahnsinnig."

„Also nicht. Schade. Naja. Schön still hier, nicht wahr?"

„Abendstille!" sagte Locke.

Vögel zwitscherten. Sie saßen in den Obstbäumen. An vielen Zweigen hingen Streifen von Silberpapier, um die unerwünschten Gäste fernzuhalten. Aber die Gefiederten hatten längst begriffen, daß keine Gefahr drohte von diesem Lametta *(Metallstreifen als Christbaumschmuck).* Sie pickten am gereiften Obst, und Locke fand das richtig.

„Die Vögel fressen die Kirschen", sagte Tom.

„Das müssen sie auch."

„Ja?"

„Kennst doch das Sprichwort: Friß, Vogel, oder stirb!" Locke lachte. „Also müssen sie fressen."

„Aber ausgerechnet die Kirschen? Naja, ich stehe ohnehin auf Zwiebeln."

„Ich kann dir ja eine aus dem Beet rausziehen", sagte Locke mit seidiger Stimme. „Die kannst du dann ganz allein essen."

„Wirklich?"

„Klar. Kennst doch die Geschichte von dem Typ, der abends unbedingt ein Mädchen küssen wollte. Damit ihm das gelingt, hat er vorher rohe Zwiebeln gegessen."

„Wie. . . Ahhhhh so! Das ist allerdings ein Gesichtspunkt, den man nicht außer Acht lassen sollte."

Locke legte ihren Kopf an seine Schulter. „Gib zu, daß die Mücken nett sind. Mäxchen ist begeistert von dir. Er ist ja noch klein. In seinem Alter irrt man sich oft. Anne findet zwar alle Jungs doof, aber dich läßt sie gelten. Wahrscheinlich, weil du ihre Rollschuhe repariert hast. Hat euer Zelt viele Löcher?"

„Nicht mehr als ein Schweizer Käse. Wenn ich heute nacht

nicht schlafen kann, werde ich die Sterne beobachten – durch ein besonders großes Loch."

„Du und nicht schlafen können? Du wirst schnarchen, daß die Barackenleute Ruhe schreien."

„Hoffentlich nicht. Ich bin doch der Wachhund."

„Wachhund? Da fällt mir ein: Warum hast du Nicki nicht mitgebracht?"

Nicki, das Haustier der Conradis, war ein kraftstrotzender Mischling aus Boxer und Wolfshund. Wen er liebte, für den ließ er sich zerreißen. Wahrscheinlicher aber war, daß er den andern zerriß – mit seinem mächtigen Fang *(Gebiß)*. Nicki liebte alle Conradis und alle Rehms. Fremde erfüllten ihn mit Mißtrauen.

„Er ist Bequemlichkeit gewöhnt", lachte Tom. „Was wir uns hier zumuten – auf schlappen Luftmatratzen unter wurmstichiger Zeltbahn – für einen Hund wäre das Tierquälerei."

Gina steckte den Kopf aus der Laube.

„Wir können gleich essen. Holst du die Kleinen, Tom?"

Um die beiden zu rufen, war die Entfernung zu groß.

Tom machte sich auf die Socken, flankte über den niedrigen Zaun und folgte der Straße.

Sie führte durch die Kolonie, dann über das Brachgelände und an der Barackensiedlung vorbei.

Zwei Radfahrer begegneten ihm, Laubenpieper (Kleingärtner), die jetzt heimkehrten, mit Hacke und Harke auf dem Gepäckträger – und dem Rucksack voller Gemüse aus eigener Ernte.

In den Gärten war Stille. Die Schatten verschmolzen zur Dämmerung. Nirgendwo brannte Licht. Man hatte die Lauben abgeschlossen. Morgen wurde weiter gegärtnert. Aber für heute war Schluß.

Wir sind die einzigen, dachte Tom.

Ein Motorrad preschte an ihm vorbei. Toms Blicke folgten dem Fahrer, bis er zwischen den Baracken verschwand.

Die Straße senkte sich etwas. Er ging an einem Dutzend Gärten vorbei. Anne und Mäxchen spielten noch immer.

Tom sagte, es gäbe jetzt Abendessen. Aber Mäxchen flehte, er, Tom, solle mit ihm spielen – wenigstens ein paar Minuten.

Anne sah zu. Tom und Mäxchen brachten es auf einen – gefederten – Ballwechsel von 34 Schlägen, dann drängte Tom zur Rückkehr.

„Sonst kriegen wir Ärger mit Locke und Gina. Außerdem wird der Tee kalt."

Mäxchen meinte zwar, er hätte überhaupt keinen Hunger, aber Anne war durstig. Außerdem schwand das Tageslicht. Durch die Dämmerung stiefelten sie zurück.

Mäxchen redete unaufhörlich. Er hoffte, daß es hier Gespenster gäbe und heute nacht was los sei.

Die Straße beschrieb eine Biegung. Da sie außerdem anstieg, sah Tom den Mückschen Garten erst, als sie näherkamen. Im selben Moment hörte er die Stimmen. Männerstimmen.

Es waren zwei. Einer stand an der Pforte. Der andere hatte den Garten betreten und war bis zur Laube vorgedrungen.

„. . . finde ich aber gar nicht nett, daß ihr uns nicht zum Essen einladen wollt", sagte er gerade. „Ihr zwei Süßen seid wohl einsam auf weiter Flur? Wer wird da so kratzbürstig sein!"

Tom legte einen Schritt zu.

Locke sah ihn. Erleichtert atmete sie auf. Sie war dem Kerl in den Weg getreten, aber ihr schlotterten die Knie. Die Empörung in ihren Glutaugen loderte. Aber genützt hätte das nichts, zumal Gina sich angstvoll an die Bretterwand der Laube preßte, das Tablett mit einem Berg belegter Brote in den zitternden Händen.

Sie gehörten zur Barackensiedlung, die beiden Kerle. Das war offensichtlich.

Der Eindringling hatte glotzige Froschaugen und das Gesicht voller dunkler Bartstoppeln. Er war mittelgroß und kräftig.

„Verschwinden Sie!" fuhr Locke ihn an. „Sie dürfen hier nicht eindringen. Das ist. . . Hausfriedensbruch."

„Aber, Süße, wo ist denn hier ein Haus."

Er grinste und machte einen Schritt auf sie zu.

Der Kerl an der Pforte pfiff.

Er hatte Tom bemerkt. Der Pfiff sollte warnen.

Froschauge drehte sich um, sah Tom und die Kinder und war beruhigt. Nur ein Halbwüchsiger. Also keine Gefahr.

Tom erreichte die Pforte, wo der Pfeifer stand, ein schlanker Typ. Er war ziemlich groß, hatte schmale Lippen und tiefliegende Augen. Das schwarze Haar war zur Bürste geschnitten.

„Weg da!" Tom wedelte mit der Hand, denn der Stoppelkopf stand im Weg.

„Geh weiter, Söhnchen! Das hier geht dich nichts an. Misch dich nicht ein! Ist besser für dich."

„Tom, wir werden belästigt", rief Locke.

„Gehen Sie zur Seite!" sagte Tom. „Nochmal sage ich's nicht."

„Spiel dich nicht auf, sonst. . . "

Tom stieß mit der flachen Hand zu, blitzartig, mit einer Hand wie Beton.

Stoppelkopf taumelte zurück. Aus seiner Nase schoß Blut. Er grunzte, hustete, ließ sich nach vorn fallen und wollte Tom mit dem Kopf rammen, ihn hart im Gesicht treffen.

Tom schlug abermals zu, diesmal mit der Faust, stieß gleichzeitig den Atem über die Zähne und landete, wobei er die Faust drehte, in der Herzgrube des Gegners.

Stoppelkopf sackte zusammen wie ein geplatzter Luftballon.

„Au Backe!" meinte Mäxchen. „Das hat gesessen!"

Tom stieg über den Gegner und ging auf Froschauge zu.

„Hausfriedensbruch, verehrter Herr, kann man auch hier

begehen. Sie sind eingedrungen, obwohl die Mädchen Ihnen erklärt haben, daß Sie unerwünscht sind, daß Sie draußen bleiben sollen. Sehe ich das richtig, Locke?"

„Richtig und glasklar!" rief sie. „So war es."

Tom lächelte. Nur eine Armlänge trennte ihn von dem Kerl.

Der hatte die Beine gespreizt. Eine Hand steckte in der Hosentasche. Was sie dort umklammerte, erriet Tom durch den schmuddeligen Stoff.

„Wenn Sie mich mit Ihrem Messer bedrohen", sagte er, „mache ich Kleinholz aus Ihnen. Sie dürfen jetzt die Hand aus der Tasche ziehen – ohne das Messer – und abzischen. Aber nehmen Sie den Schlappmacher mit, bevor er uns den ganzen Eingang versaut. Klar?"

Froschauge zögerte. Sein Gesicht schwitzte. Der Blick war tückisch. Tom rechnete mit allem und hätte blitzschnell reagiert.

Aber der Kerl nahm die Hand leer aus der Tasche, trampelte über ein Blumenbeet, um nicht zu dicht an Tom vorbei zu müssen, und stakte zur Pforte. Er wiegte die Schultern. Mäxchen und Anne, die noch auf der Straße standen, wichen ihm aus.

Stoppelkopf regte sich. Er setzte sich auf, brauchte aber Froschauges Hilfe, um auf die Beine zu kommen. Schwankend hielt er sich an seinem Kumpan fest.

Tom ging zur Pforte. Ihm gefiel nicht, daß die Kinder draußen waren – in bedrohlicher Nähe der Typen.

„Mäxchen, Anne – kommt rein! Und macht die Pforte zu. Denn hier hat nur Zutritt, wer von uns eingeladen wird."

Die beiden beeilten sich. Anne warf die Pforte so heftig zu, daß sie wieder aufsprang. Mäxchen hielt seinen Federballschläger bereit, um – falls erforderlich – mitzuwirken an der Verteidigung des Schrebergartens.

Durch die Zähne sagte Froschauge: „Ihr zeltet wohl hier, was? Wollt hier die Nacht verbringen?" Er grinste. „Das wird bestimmt lustig. Da wünsche ich eine angenehme Ruhe!"

Er schleppte Stoppelkopf ab. Aber in den kehrte Leben zurück. Bevor sie die Biegung erreichten, konnte er allein gehen. Die Dämmerung verschluckte die beiden.

Tom ließ ihnen Vorsprung. Dann pirschte er hinterher.

Locke nahm Gina das Tablett ab und stellte es auf den

Gartentisch, wo mit Papptellern und Plastikbechern für alle gedeckt war. Sie zündete das Windlicht an.

„Gina, was ist? Bist du erstarrt?"

„Mein Gott! Das war ja furchtbar. Ein richtiger Überfall. Die haben uns gesehen, sind einfach reingekommen und . . . Wäre Tom nicht gewesen, hätten die. . . Was hätten die mit uns gemacht?"

„Bestimmt hätten sie die Brote weggegessen", meinte Mäxchen.

„Das waren Verbrecher aus der Barackensiedlung, nicht wahr?"

„Ich weiß nicht, ob es Verbrecher sind", sagte Locke. „Aber sie haben uns belästigt und angepöbelt. Ich fürchte, da kommt noch was nach."

„Du meinst, die kommen zurück?" fragte Anne.

„Vielleicht. Wie Froschauge uns angenehme Ruhe gewünscht hat – das war doch Hohn. Das heißt, heute nacht wird es bestimmt nicht lustig. Sondern. . . ja, die werden es uns heimzahlen. Diese Typen sind rachsüchtig. Und gewalttätig."

„Was machen wir jetzt?" Gina, der geborene Hasenfuß, rang die Hände.

„Es gibt zwei Möglichkeiten", meinte Locke. „Entweder wir brechen unsere Zelte ab, buchstäblich, und fahren nach Hause. Oder. . . "

„Nein!" jammerte Mäxchen. „Ich habe mich so gefreut. Ich bleibe hier. Jetzt, wo es spannend wird, gehe ich nicht weg. Ich will im Zelt schlafen. Die kommen ja gar nicht. Und wenn sie doch kommen, verhauen wir sie."

„Wir vier können gar nichts machen", wurde er von Locke belehrt. „Und Tom allein wird mit einer Übermacht nicht fertig. Deshalb wäre die zweite Möglichkeit, wir holen Verstärkung."

„Und wen?" fragte Gina.

„Ich weiß keinen Besseren als Nicki."

„Oh! Das wäre prima", freute sich Mäxchen. „Der schläft dann bei mir, ja? Hat er Flöhe?"

„Nicht mehr als du", lachte Locke.

„Ich habe keine. Ach so! Nicki also auch nicht. Dann darf er unter meine Decke."

„Laß ihn lieber bei Tom. Der ist sein Herrchen. Da kommt er ja."

Tom trabte die Straße herauf, verriegelte die Pforte und kam zu Tisch.

„Die sind aus der Barackensiedlung. Bin ihnen weit genug gefolgt, um das festzustellen. Bei diesem Gesindel muß man auf alles vorbereitet sein. Wahrscheinlich besuchen sie uns heute nacht."

„Wir haben gerade beschlossen, hier zu bleiben. Aber wir holen Nicki", sagte Locke.

„Gute Idee! Können wir erst was essen? Der Hunger wühlt in mir, und die Nacht wird lang."

Er und Mäxchen, der jetzt doch Hunger hatte, aßen mit gutem Appetit. Den Mädchen verschloß Besorgnis den Magen. Später löschten sie das Windlicht. Die Fahrzeuge wurden auf die Straße geschoben. Die Mücken hatten Drahtesel, Locke und Tom ihre Motorroller.

Sie fuhren zu den Conradis, was nicht weit war, und holten Nicki, der vor Freude minutenlang tobte. Dann wurde er von Tom an die Leine genommen, und zurück ging's zu den Schrebergärten, wo jetzt keine Menschenseele mehr war.

2. Elf Fässer im Kartoffelacker

Die Nacht brach an. Nur wenige Sterne funkelten, aber ein buttergelber Mond goß mildes Licht auf die Stadt und das Umland. Wieder brannte das Windlicht. Locke und Tom saßen auf der Gartenbank. Die Luft war lau, was aber nicht daran hinderte, sich aneinander zu kuscheln.

Mäxchen und Anne streiften im Garten umher. Zum ersten Mal erlebten sie das bei Nacht. Bäume und Büsche wisperten. Dort piepste ein Vogel im Schlaf, hier huschte eine Maus. In einem anderen Garten schrien Katzen, und die Geräusche der Stadt waren fern.

Gina betätigte sich als Hausfrau. Sie werkelte in der Laube, hatte eine Kerze angezündet und verpackte die Verpflegung in Frischhaltebeutel.

Dann pustete sie die Kerze aus und setzte sich zu dem Pärchen.

Nicki hatte sich vor Locke auf den Boden gestreckt. Sein schwerer Schädel lag auf ihren Füßen. Ab und zu richtete er sich auf, wenn ein unbekanntes Geräusch zu ihm drang. Leise knurrte er dann, ein dumpfer, warnender Laut aus der mächtigen Brust.

„Ob sie uns wirklich überfallen?" Gina schlang fröstelnd die Arme um sich, obwohl sie einen Pulli trug.

Tom hob die Achseln, was nur Locke merkte.

„Warten wir's ab", meinte sie. „Jedenfalls ist es besser, wenn die Kleinen in der Laube schlafen und sich einriegeln."

Das war beschlossen. Mäxchen hatte nur schwach protestiert *(Einspruch erheben)*, denn die Laube war ja fast wie ein Zelt – obschon wasserdicht.

„Ich liiiebe solche Nächte", sagte Gina. „Ich bin nämlich sehr romantisch."

„Ich weiß", sagte Locke.

„Mit dem richtigen Typ könnte ich nächtelang umherstreifen – durch die Natur, meine ich."

„Ja, der richtige Typ muß es sein", bestätigte Locke – und dachte: Hoffentlich redet sie jetzt keinen Unsinn, nur weil sie nicht weiß, wie sie Tom imponieren *(beeindrucken)* soll. Täte mir leid, wenn sie ihm auf den Keks geht.

„Du, Locke", flüsterte Gina vertraulich, als würde Tom nun weghören, „Bärbel Kutsche hat gesagt, Wolfgang Mitschel hätte gesagt, er finde mich hinreißend."

„Wenn er mit dir gehen will, wird er dir's selber sagen. Wie spät ist es eigentlich? Wir haben deiner Mutter versprochen, daß Mäxchen und Anne nicht zu spät ins Bett kommen. Sie werden bestimmt sehr früh wach."

Gina rief nach den beiden.

Locke kicherte, weil Nicki ihr die nackten Füße leckte, und das kitzelte.

Tom horchte zur Straße. Aber nichts Verdächtiges rührte sich. Fernab – in der Siedlung – dröhnten ab und zu die Motoren schwerer Maschinen. Radios plärrten. Und dann und wann brüllte ein Betrunkener.

„In der Siedlung geht's heute sehr friedlich zu", meinte er grinsend. „Keine Schüsse, keine Explosionen – sind die Leute im Urlaub? Wahrscheinlich sonnt man sich auf den Bahamas."

„Dort waren sie schon", Locke ging lachend auf seinen Ulk ein, „dieses Jahr steht Hawaii auf dem Programm."

„Auch nicht schlecht. Naja – wer nicht arbeitet, der muß wenigstens angenehm leben. Und wer seinen Unterhalt mit Gaunereien verdient, der darf in die Ferne schweifen. Man kann nur hoffen, daß er dort bleibt."

Mäxchen und Anne kamen erst nach der dritten Aufforderung. Ins Bett, beziehungsweise auf die Luftmatratzen wollten sie nicht. Sie verhandelten mit Gina. Die große Schwester gab fünf Minuten zu. Die beiden wollten auch dann nicht. Aber Gina blieb hart. Immerhin kam es zu dem Zugeständnis, auf das Zähneputzen zu verzichten.

„Wenn sie uns überfallen, dann bestimmt erst später",

sagte Tom, als die drei allein waren. „Nach Mitternacht, vermute ich."

„Ich . . . habe Angst", gestand Gina.

„Ich auch", meinte Locke. „Jedenfalls ein bißchen. Aber so ist es nun mal. Man kann nicht alles vermeiden, was einen ängstigt. Und wenn man durch ist – durch die Situation, fühlt man sich stärker. Nicht wahr, Tom?"

„Klar. Sofern man die übersteht, die Situation."

„Wir sollten Vorrat schlafen", schlug Locke vor.

„Gute Idee!" Tom gähnte. „Falls was los ist – ihr bleibt im Zelt. Klar? Was zu tun ist, besorgen Nicki und ich." Er stand auf. „Gute Nacht, Gina."

„Hoffentlich." Das Mädchen fröstelte.

Tom küßte Locke auf den Mund, nahm Nicki am Halsband und führte ihn zum kleinen Zelt. Es stand zwischen der Pforte und dem Zelt der Mädchen. Der Eingang lag straßenseitig.

Locke sah, wie Herr und Hund im altersschwachen Wigwam *(Indianerzelt)* verschwanden, und hoffte inständig, daß es eine ruhige Nacht werde.

Gina redete noch eine Weile von Wolfgang Mitschel, der ja recht nett wäre, wenn er nur nicht diesen blöden Haarschnitt hätte – mit glatzkahlem Genick. Dann schlüpften die Mädchen in ihre Trainingsanzüge und ins Zelt, wo es ziemlich stickig war.

Gina krabbelte gleich zur Rückseite. Locke ließ den Eingang offen, damit mehr Frischluft hereinkam.

„Ich kann bestimmt nicht schlafen." Gina seufzte. „Da haben wir uns was eingebrockt. Was man nicht alles tut für seine Geschwister! Ist Nicki wirklich ein guter Wachhund?"

„Der beste."

„Er sieht gefährlich aus."

„Das ist er auch – jedenfalls, wenn er uns verteidigt. In der Familie ist er lammfromm."

„Die Conradis sind doch nur zwei, Tom und seine Mutter."

„Die Haushälterin gehört dazu. Und uns – meinen Papi, Mike und mich – rechnet er, Nicki, auch zur Familie."

„Will dein Vater Toms Mutter heiraten?" fragte Gina.

„Sicher."

„Und wann?"

„Da ist keine Eile. Wir sind ja auch so eine große Familie und verstehen uns pfundig."

„Schön sowas. Mein Vater war ein Scheusal. Wir sind froh, daß er weg ist. Auch wenn wir jetzt weniger Geld haben."

„Darauf kommt es nicht an, Gina. Von denen, die nur nach Geld gieren, ist noch keiner glücklich geworden. Denen fehlt es an anderer Ausrichtung. Dabei gibt es so vieles, wofür man sich einsetzen kann. Ich finde es toll, wenn man anderen hilft."

Gina stimmte zu, wälzte sich eine Weile von rechts nach links, blieb dann auf dem Bauch liegen und schlief ein, was tiefe Atemzüge verkündeten.

Locke lag so, daß sie durch den Spalt des Eingangs hinaussehen konnte. Es war jetzt sehr still in den Schrebergärten. Nur Grillen zirpten noch, und leise raschelten sommerpralle Blätter im Nachtwind.

Vielleicht passiert gar nichts, dachte sie. Schläfrigkeit drückte auf die Lider ihrer dunklen Augen. Ohne es zu merken, sank sie in den Schlaf.

Etwas rumpelte. Der Lärm weckte sie. Erschrocken setzte sie sich auf. Sie hörte, wie Nicki knurrte. Aber er war noch bei Tom im Zelt. Sie spürte, wie ihr Herz klopfte. Dennoch atmete sie erleichtert auf, denn das Rumpeln wurde von einem Fahrzeug verursacht. Und der Lärm war gar kein Lärm. Im Gegenteil: Der Wagen fuhr leise. Aber in der Stille der Nacht erschien jedes Geräusch gewaltig.

Es schien ein Lastwagen zu sein. Er kam aus Richtung Stadt und fuhr jetzt am Garten vorbei.

Locke schob den Kopf durch den Zelteingang.

Das Licht der Scheinwerfer war abgeblendet, der Laster ein silbriges Ungetüm – jedenfalls sah es im Mondlicht so aus.

Er rumpelte vorbei, die Straße hinunter. Das Geräusch entfernte sich.

„Das war wohl der Bierlieferant", meinte Gina schlaftrunken.

„Scheint so." Locke lachte.

„Kein Überfall?"

„Draußen ist alles friedlich."

„Huh! es ist noch so dunkel. Wann geht die Nacht denn zu Ende?"

Locke knipste ihre Taschenlampe an und sah auf die Armbanduhr.

„Es ist gerade erst eins durch."

Gina murmelte Unverständliches und schlief wieder ein.

Locke fiel in eine Art Halbschlaf. Später, viel später hörte sie, wie der Laster zurückfuhr.

★

Seine Barackenwohnung bestand aus zwei Zimmern, die er nie säuberte. Sie vergammelten. Ungeziefer wohnte zur Untermiete. Die Nachbarn wußten das. Aber hier, in der Siedlung, regte sich deshalb niemand auf. Werner Schrenk, der Stoppelkopf mit den tiefliegenden Augen, war einer von ihnen. Er galt als durchtriebener Halunke. Das hieß, man respektierte ihn.

Wie peinlich, daß ihm das mit dem Jungen passiert war. Die Nase hatte noch lange geblutet. Er war schlapp und elend gewesen und – voller Wut.

Auch Leo Börner, der Kerl mit den Froschaugen im Bartstoppelgesicht, war wütend. Wie blamabel, vor einem Halbwüchsigen zurückzuweichen, sich von ihm vertreiben zu lassen – vor den Augen zweier Mädchen.

Sicherlich – dieser blonde Bursche sah handfest aus und hatte – was Schrenk, verdammt nochmal! bestätigen konnte – einen Schlag am Leib wie ein Weltmeister. Trotzdem – er war ein Jüngling, sie waren ausgewachsene Männer. Diese Schande mußte getilgt werden.

Die Verabredung war getroffen. Um halb drei morgens, wenn noch alles schlief, wollten sie beim Schrebergarten sein. Der Blonde sollte Prügel beziehen, die er sein Lebtag nicht vergessen würde.

Um ganz sicher zu gehen, hatten sie Verstärkung engagiert. Für eine Pulle Schnaps als Bezahlung war Walter Stangl dabei, ein 20jähriger Raufbold, dumm wie Bohnenstroh und roh wie ein mittelalterlicher Folterknecht. Stangl hatte das Gesicht voller Narben und kannte jeden unfairen *(unsportlichen)* Trick.

Es war jetzt halb eins. Schrenk lief in seiner Wohnung auf und ab. Seine Nase war angeschwollen. Und schmerzte. Aber er fühlte sich fit. Auf dem Tisch lag ein kurzer Knüppel. Den wollte er nachher benutzen.

Wut und Unruhe ließen nicht zu, daß er sich ausruhte. Zur Stärkung hatte er mehrere Flaschen Bier geleert. Die stickige Schwüle in den beiden Räumen regte ihn zusätzlich auf. Er beschloß, im Freien umherzulaufen. Vielleicht kühlte das sein Blut ab. Denn nachher, wenn der Bursche Dresche bezog, wollte er kaltblütig sein.

Schrenk verließ die Baracke, folgte der Gasse zwischen zwei Gebäuden, stieß im Dunkeln gegen ein abgestelltes Motorrad und fluchte. Jetzt schmerzte auch sein Schienbein.

In einer Ecke stand ein Pärchen. Die beiden verhielten sich still, als er vorbei kam. Leider erkannte er nicht, wer es war.

Er ging zur Straße. Einige Wolken segelten am Himmel. Manchmal verdeckten sie den Mond. Dann wurde es stockfinster.

Schrenk wandte sich in westliche Richtung, wo die Straße in Dunkelheit tauchte wie ein Stein, der ins Wasser fällt. Dort waren Felder und Wiesen. In der Ferne war Wald, und die Straße führte zum nächsten Dorf.

Als schwarzen Strich konnte er den Bahndamm erkennen. Freilich – hier verlief nur eine eingleisige Nebenstrecke und der letzte Zug fuhr gegen 22 Uhr.

Schrenk ging eine Weile. Die Stille ringsum behagte ihm nicht. Er machte kehrt. Er pfiff, aber die geschwollene Nase bereitete Schwierigkeiten. Außerdem schmerzten die Rippen – dort, wo der Schlag ihn getroffen hatte. Wenn er tief atmete, verschlimmerte sich der Schmerz.

Er ging an der Siedlung vorbei. Mondlicht fiel auf das Brachland, wo Bauern Dunghaufen errichtet hatten, wo bisweilen die Kinder aus den Schrebergärten spielten, wo man im Herbst Drachen steigen ließ und der Boden an einigen Stellen wie ein Rübenacker aussah.

Es war ein großes Gelände. Diesseits der Straße – also auf der Seite der Siedlung – kahl, ohne Baum und Strauch; jenseits der Fahrbahn bildeten dornige Sträucher Inseln. An einigen Stellen war das Gelände unwegsam.

Schrenk blieb bei einer Buschgruppe stehen. Er klopfte seine Taschen nach Zigaretten ab, fand aber keine.

In diesem Moment bemerkte er den Laster, ein silbrigglänzendes, modernes Fahrzeug.

Fast lautlos rollte es die Straße herab.

Schrenk traute seinen Ohren nicht. Tatsächlich – der Motor war ausgeschaltet. Der Laster rollte mit der Geschwindigkeit, die er von der abschüssigen Straße erhielt.

Spinnt der? dachte Schrenk. Spart der Benzin? Oder. . . will der ganz leise sein?

Er trat hinter einen Busch. Der Wagen rollte näher. Die Scheinwerfer waren jetzt auf Standlicht geschaltet.

Eine Steinwurfweite vor Schrenk bog der Wagen ab. Dort war der Boden geröllig, aber nur dicht bei der Straße. Dahinter war er erdig und weich – wie ein Kartoffelacker nach dreitägigem Regen. Und Kartoffeln hatte man hier auch tatsächlich angebaut – früher. Jetzt umschlossen Büsche den Acker wie ein U, wobei die Öffnung zur Straße wies.

Schrenk sah, wie der Wagen hielt. Dann erloschen die Scheinwerfer.

Nanu! Was geht denn da vor? So geheimnisvoll um ein Uhr früh!

Während er näher schlich, wurden die Türen der Fahrerkabine geöffnet, fast gleichzeitig. Männerstimmen murmelten, Metall klirrte. Aber alle Geräusche waren gedämpft.

Schrenk erreichte die Büsche.

Eine Wolke verbarg den Mond, wanderte aber jetzt weiter; und bleiches Licht ergoß sich auf den Kartoffelacker.

Schrenk bog ein paar Zweige zur Seite, dann sah er die Männer – stämmige Figuren in Arbeitskleidung. Der eine trug eine Schildmütze, der andere eine Art Jeanshut.

Sie hatten sich ein Stück vom Wagen entfernt, stießen ihre Spaten in den Boden und begannen, die schwere Erde auszuheben. Sie arbeiteten rasch. Kein Wort fiel. Nur ganz selten ertönte ein Klirren, wenn das Spatenblatt auf einen Stein stieß.

Mich laust der Affe! dachte Schrenk. Wenn das mit rechten Dingen zugeht, trinke ich ab morgen kein Bier mehr. Schatzsucher sind das nicht. Außerdem suchen sie nicht. Sie heben eine Grube aus, und die wird nicht tief, aber breit. Was wollen die vergraben?

Vielleicht gab der Wagen Aufschluß.

Er huschte hinter ihn, prägte sich das – hiesige – Kennzeichen ein und schlich dann zu der – von den beiden Männern – abgewandten Seite.

Es war ein Laster, vermutlich ein Firmenwagen, und Firmenwagen sind meistens beschriftet.

Bei der Beifahrertür blieb er stehen.

Nichts.

Doch dann sah er – zum Henker! – daß da eine Folie *(Kunststoffblatt)* klebte. War die Beschriftung überklebt?

Er zupfte an einer Ecke. Die Folie ließ sich lösen. Es ratschte leise. Erschrocken hielt er inne. Aber die beiden Schaufler hörten nichts. Vorsichtig zog er das Klebeblatt ab.

FANNKE-CHEMIE – las er.

Na, also! Fannke! Ein stadtbekannter Mann, ein Fabrikant. Seine Fabrik stellte irgendwelche Chemikalien her – Düngemittel. Oder waren es Schädlingsbekämpfungsmittel?

Bisher hatte Schrenk sich dafür nicht interessiert. Aber jetzt sah die Sache anders aus.

Er pappte die Folie fest, was allerdings nicht vollständig gelang. Eine Ecke hing herab.

Dann zog er sich hinter die Büsche zurück.

Die beiden Männer arbeiteten wie im Akkord *(Leistungslohn)*, keuchten und fluchten bisweilen. Der mit dem Hut wischte sich Schweiß von der Stirn.

„Das reicht, Kappold", sagte der eine.

„Ja, das ist tief genug", bestätigte Kappold. „Es muß ja auch nicht für alle Ewigkeit verschwinden, das Teufelszeug. Es reicht völlig, wenn die Fässer nicht gleich gefunden werden. Aber sei vorsichtig beim Abladen, Lehmann."

Lehmann grunzte, was wohl hieß, daß er vorsichtig sein werde. Beide kamen zum Wagen und öffneten die Hecktür.

Mit großer Vorsicht wurden Fässer herausgehoben.

Sie waren nicht groß, schienen aber schwer zu sein, doch ein kräftiger Mann wurde fertig damit.

Jeder schleppte ein Faß zur Grube, legte es behutsam hinein, lief zum Wagen und holte das nächste.

Kappold ging sechsmal, Lehmann fünfmal. Nach dem elften Faß schaufelten sie die Grube zu. Sie glätteten den Boden.

„Ein paar sind fast durchgerostet", sagte Kappold.

„Das kann was geben."

„Ist nicht unsere Angelegenheit."

Lehmann lachte. „Man fragt sich nur, wie hier Kartoffeln gedeihen konnten – wo doch die Fässer so lange schon im Boden liegen. Na, solange sie dicht bleiben. Aber wehe, sie fangen an zu pinkeln."

Sie legten die Spaten in den Wagen und stiegen ein. Der Motor wurde angelassen. Der Laster setzte zurück. Erst als er in Richtung Stadt rollte, schaltete der Fahrer Abblendlicht ein.

Schrenk sah ihnen nach.

Mann, das war eine Sache! Der große Fannke ließ seine Abfälle verstecken! Gift? Na, und ob! Fannke? Oder machten die beiden Kerle das auf eigene Rechnung? Wohl kaum. So oder so – da bot sich eine Möglichkeit, den Industriellen ein bißchen unter Druck zu setzen. Wenn das hier bekannt wurde, gab es einen Skandal. Umweltverschmutzung – Verschmutzung? Verseuchung! – wurde schwer bestraft. Gift im Boden, Gift im Grundwasser – zur Katastrophe konnte es kommen.

Mal sehen, dachte Schrenk, was dem Fannke mein Schweigen wert ist.

Er beschloß, Leo Börner einzuweihen. Leo war sein Freund, abgebrüht und mit allen Wassern gewaschen. Sieben Jahre hatte der im Knast gesessen, wegen Einbruchs und Körperverletzung – in mehreren Fällen. Der wußte Bescheid.

Stangl, der Schläger mit dem Spatzengehirn, durfte nichts erfahren. Ein Blödmann wie der würde alles nur verderben.

Schrenk rieb sich die Hände. Er würde Fannke erpressen. Der mußte zahlen. Diese Aussicht beflügelte. In bester Stimmung lief er zur Siedlung zurück. Die Zeit war fortgeschritten. Eine ferne Kirchturmuhr hatte die zweite Morgenstunde geschlagen. Als er bei seiner Behausung ankam, warteten Stangl und Börner bereits. Auch sie waren mit Knüppeln bewaffnet.

3. Wer hat Tom geküßt?

Tom schlief, aber sein Schlaf war leicht. Wenn Nicki knurrte, wurde er jedesmal wach. So auch jetzt.

Der mächtige Hund lag neben ihm, hatte sich dicht an sein Herrchen gedrängt. Er hatte Tom mehrmals liebevoll übers Gesicht geleckt und war natürlich gekrault worden, was er mit tiefem Seufzen genoß.

Jetzt hob er den schweren Schädel. Dumpfes Grollen drang aus der breiten Brust. Die Nackenhaare sträubten sich.

„Ruhig, Nicki!"

Tom wälzte sich herum und spähte durch den Zeltspalt zur Straße.

Sie badete im Mondlicht. Auf Blättern und Gräsern schien Tau zu liegen, denn sie funkelten wie mit Diamanten übersät.

Die Pforte war geschlossen, niemand zu sehen.

Aber Tom wußte, daß er Nickis feinem Gehör vertrauen konnte.

Dann sah er die drei.

Sie kamen die Straße herauf und bemühten sich, leise zu sein. Sie hielten Knüppel in den Händen. Tom erkannte Froschauge und Stoppelkopf. Der dritte war ein stämmiger Typ und bewegte sich, als imitiere *(nachahmen)* er Frankensteins Monster.

„Ruhig, Nicki!" Er flüsterte. „Wir warten, bis sie im Garten sind. Dann müssen wir uns wehren."

Tom trug Jeans und Sweatshirt *(weit geschnittener Pullover)* und hatte auch die Turnschuhe anbehalten.

Auf dem Bauch liegend, beobachtete er die drei. Nicki, dicht neben ihm, beobachtete ebenfalls und war voller Mißtrauen.

Die drei schlichen. Froschauge öffnete die Pforte. Nicki hechelte. Die Lefzen zogen sich zurück. Ein Strahl Mondlicht fiel auf seine Reißzähne.

Tom spürte, wie der Körper des Hundes sich spannte, und das waren 38 Kilo bretthharter Muskeln.

Sie kamen näher, die Eindringlinge, waren jetzt im Garten. Der dritte zertrat achtlos die Zwiebelschoten auf einem Gemüsebeet. Nicki stieß heißen Atem aus. Und wieder schob sich eine Wolke vor den Mond. Dunkelheit fiel über die Schrebergärten, was Tom nicht als Vorteil empfand. Sah er doch die drei nur noch als Schemen.

Fünf Schritte. . . vier Schritte noch. . . war der erste entfernt.

Tom wollte Nicki das Kommando geben. Aber dazu kam es nicht mehr. Der treue Hund spürte die Bedrohung. Fremde waren auf seinem Gebiet, verletzten die Umgebung seines Rudels – feindselige Witterung ging von ihnen aus.

Mit einem geifernden Wutlaut schoß Nicki aus dem Zelt.

Tom war in Startposition und hechtete hinterher.

„Nicki, faß!" befahl er.

Aber das war nicht mehr nötig.

Zähnefletschend sprang der mächtige Hund den ersten Ganoven an. Mit der Wucht einer Kanonenkugel prallte er dem Kerl an die Brust. Der wurde zu Boden gerissen, brüllte auf vor Entsetzen, verlor seinen Knüppel, landete rücklings zwischen Radieschen und Schnittlauch und – erstarrte vor Angst.

Nicki stand über ihm, fletschte schauerliche Zähne nur Zentimeter vor seinem Hals, war bereit zuzupacken, falls der Gegner sich wehrte.

Aber Stangl – er war der Überrumpelte – starb fast vor Angst. Hitziger Atem übersprühte sein Gesicht. Zwei harte Vorderpfoten drückten seine Schultern in das Beet. Mit den Hinterläufen stand Nicki auf seinen Schenkeln. Stangl war dumm, aber so dumm nun auch wieder nicht. Er wußte: Die geringste Gegenwehr – und er sah die Radieschen, auf denen er lag, auch von unten.

Rasend schnell hatte sich das ereignet.

Dem Ganoven hinter Stangl fuhr Entsetzen in die Knochen. Fast unabsichtlich riß er den Arm mit dem Knüppel hoch. Nicht um Nicki zu schlagen – das hätte er nicht gewagt –, aber um auf den Gegner loszuprügeln, der jetzt vor ihm auftauchte.

Tom sah die Bewegung. Die Waffe des Eindringlings war lebensgefährlich. Tom ging kein Risiko ein. Mit einem Karate-Tritt klärte er die Situation.

Schrenk, der Stoppelkopf, erhielt zum zweiten Mal eine Probe von Toms Nahkampftechnik. Der Ganove glaubte, ein Elefant spiele Fußball, und er, Schrenk, sei der Ball. Mit einem Laut, als platze ein Ballon, prallte er gegen Börner.

Börner taumelte zur Pforte. Schrenk fiel auf den Weg und blieb liegen.

Börner sah sich allein, sah die unschlagbaren Gegner und begriff, daß nichts mehr auszurichten war – mit Hinterhältigkeit und Tücke. Selbst Mut, wenn er den besäße, hätte nichts genützt.

Börner sprang auf die Straße, schleuderte den Knüppel von sich und rannte, was die Beine hergaben.

Tom ließ ihn laufen.

Nicki blickte kurz auf, senkte aber das Gebiß wieder auf Stangls Gesicht. Dann wurde seine rechte Hinterpfote naß. Er wandte sich um und beschnupperte Stangls Hose.

Der Kerl hätte eine Windel gebraucht. Die Angst und der Schnaps waren zuviel für ihn. Er hatte sich naß gemacht.

Tom rief Nicki zurück, lobte ihn und tätschelte seinen Hals.

Der Hund wedelte freudig, setzte sich, als Tom das Kommando gab, und blieb wachsam. Keinen Blick ließ er von den Ganoven.

„Tom!“ rief Locke vom hinteren Zelt her. „Alles klar?“

„Alles klar. Der Dritte ist verduftet. Und den beiden hier langt es. Nicki hat gezeigt, was er kann.“

Er trat zu Stangl.

„Steh auf!“

Stangl gehorchte, bewegte sich aber wie in Zeitlupe, um Nicki nicht zu reizen, und klapperte mit den Zähnen.

„Wie heißt du?“

„Äh. . . Walter. . . “

„Den ganzen Namen!“

„Stangl. Walter Stangl.“

„Zeig deine Brieftasche.“

Stangls Hose tropfte. Hoffentlich merkt das niemand, dachte er, und gab Tom die Brieftasche.

Tom nahm den Personalausweis heraus, gab dem Kerl die speckige Brieftasche zurück und versuchte, sein Gesicht zu erkennen. Aber dazu reichte das Mondlicht nicht.

„Die beiden haben dich angestiftet, bei dem Überfall mitzumachen, nicht wahr?“

„Wie?. . . Äh. . . ja. . . Äh. . . Wußte ja nicht, daß du so einen Köter. . . äh. . . Hund hast. Mann, ist der gefährlich!“

„Hau ab!“ befahl Tom. „Aber langsam. Sonst hast du meinen Hund im Genick. Geh ganz langsam zur Straße. Klar?“

„Ich. . . ich soll gehen?"

„Hörst du schwer?"

„Nein, aber. . . "

„Keine Sorge. Deinen Ausweis behalte ich. Den gebe ich der Polizei – mit einem entsprechenden Bericht. Da kommt dann was auf dich zu, Stangl. Aber das passiert dir sicher nicht zum ersten Mal. Verschwinde!"

Stangl schlich ab, wobei er behutsam über Schrenk stieg, der immer noch lag und nach Luft rang. Toms Tritt hatte das Brustbein getroffen.

Tom beugte sich über ihn.

„Spiel nicht den Schwerverletzten! So hart war's nicht. Ich kann härter. Hoch mit dir, los!"

Schrenk war am Boden zerstört – was seine Moral betraf. Diese Pleite! Wieder Prügel! Von einem Jugendlichen lächerlich gemacht!

Mühsam stellte er sich auf die Füße. Auch er mußte Tom seinen Namen nennen und den Ausweis aushändigen.

„Und wie heißt der dritte?" fragte Tom.

„Wer?"

„Schrenk!" Toms Ton warnte. „Wenn ich meinen Hund nicht zurückhalte, zieht er dir nicht nur die Hose aus, sondern die Haut gleich mit ab. Also?"

Hinter dem kleinen Fenster der Laube ertönte Gekicher. Mäxchen und Anne hörten zu.

„Leo Börner", murmelte Schrenk.

„An euch drei wird sich die Polizei wenden. Und jetzt sieh zu, daß du Abstand gewinnst."

Auch Schrenk ließ Vorsicht walten beim Rückzug, um Nicki nicht zu reizen.

Locke und Gina hatten alles beobachtet. Gina seufzte erleichtert und lockerte ihre verkrampften Finger.

Heldenhaft! dachte Locke. Wirklich toll, wie Tom und Nicki das gemacht haben. Sind mit drei Ganoven fertig geworden, und die hatten Knüppel. Das muß belohnt werden.

„Ihr habt euch was verdient", sagte Locke. Sie trat zu Herr und Hund. „Für den einen stifte ich einen großen Kalbsknochen, für den andern. . . also, der kriegt einen Kuß."

„Wie ich Nicki kenne, zieht er den Knochen vor", lachte Tom. „Ich hingegen. . . "

Er sprach nicht weiter, sondern blickte zur Straße, wo die nächste nächtliche Störung auftrat. Eine Gestalt näherte sich im Laufschritt, kam die Straße herauf – also aus Richtung Siedlung – und fuchtelte mit irgendwas Langem.

Nicki knurrte.

Noch ein Angreifer?

Mit gedämpfter Stimme sagte Gina: „Der bescheuerte Goldmann! Der hat den Schrebergarten ganz am Ende. Hat seine Laube zur Festung ausgebaut. Manchmal übernachtet er dort."

Besagter Goldmann kam näher.

„Was ist hier los?" rief er. „Ich hörte Lärm. Kampfgetümmel. Hah! Mir entgeht nichts bei meiner nächtlichen Patrouille *(Streife)*. Sind die Russen gelandet? Oder bedroht uns das Weltall?"

Wohl ein Spaßvogel? dachte Locke. Erstaunt sah sie dann, daß Goldmann bewaffnet war. Und wie! In der einen Hand trug er ein Mordwerkzeug, das wie eine mittelalterliche Streitaxt aussah, in der andern ein altertümliches Gewehr – vermutlich einen Vorderlader, der besser als Hiebwaffe denn zum Schießen taugte. Außerdem hatte der Mann sich mit Pfeil und Bogen ausgerüstet. Der Bogen – ein Turnierbogen – hing ihm über der Schulter, der Köcher mit Pfeilen auf dem Rücken.

Bei der Gartenpforte blieb er stehen.

Mäxchen und Anne waren aus der Laube gekommen.

Goldmann erkannte sie und Gina.

„Ah, die drei Fliegen", stellte er fest. „Aber jetzt und hier? Kinder gehören ins Bett. Sind das die Feinde?" Er wies auf Locke und Tom.

Nicki knurrte mit Nachdruck, wurde aber von Tom am Halsband gehalten.

„Nein, nein, Herr Goldmann", rief Gina. „Das sind unsere Freunde. Aber sie haben sich nicht verhört. Wir wurden tatsächlich überfallen. Drei Typen aus der Barackensiedlung sind mit Knüppeln über uns hergefallen. Tom und Nicki haben sie vertrieben."

Goldmann blickte die Straße hinauf und hinab, zog den Kopf ein, schickte noch einen Blick in die Runde und teilte dann geheimnisvoll mit: „Das war nur die Vorhut. Da braut sich was zusammen. Seit Tagen mache ich meine Beobachtungen. Wir stehen vor einem Bürgerkrieg. Es wird ein schreckliches Blutbad geben". Er lauschte, fuhr fort:

„Jeder kämpft gegen jeden. Aber ich – hah! – bin darauf vorbereitet. Merkt euch: Die Feinde schlafen nicht. Sie lauern überall. Und die Gärten hier sind durchsetzt von Spionen. Traut keinem! Und schlagt zu, bevor ihr geschlagen werdet. So, ich muß meinen Rundgang fortsetzen. Bei besonderen Vorkommnissen gebe ich Nachricht."

Er strammte sich zu einer Art militärischem Gruß, was aber nicht so recht gelang. Vielmehr schien er sich mit der Streitaxt eine Kopfnuß zu geben.

Dann zog er ab, umhüllt von Mondlicht – ein mindestens 50jähriger Mann, eher klein, korpulent *(wohlbeleibt)*, mit grauem Spitzbart und funkelnden Brillengläsern.

Er verschwand hinter der Biegung.

„Spielt der Krieg?" fragte Locke. „Oder ist er vom letzten Fasching übriggeblieben?"

„Er tickt nicht richtig." Gina lachte. „Er wittert überall Feinde und warnt alle Welt. Er ist überzeugt, daß böse Mächte ihn verfolgen. Alle, die Unheil bringen, sind seine persönlichen Feinde und haben es nur auf ihn abgesehen: Terroristen *(Anhänger verbrecherischer Gewaltherrschaft)* bekämpft er von früh bis spät. Natürlich nur in seiner Phantasie. Er ist harmlos. Alle hier kennen ihn und sagen, er könnte

keiner Fliege was zuleide tun. Seine Laube hat er mit Kriegsgerät vollgestopft. Manchmal läuft er mit einem Stahlhelm rum. Die Schußwaffen, die er hat, sind untauglich. Sind alles Attrappen *(Nachbildungen).*"

„Uns schenkt er Bonbons", ließ Mäxchen sich vernehmen. „Er ist nett. Aber komisch."

„Mal nennt er uns Mücken, mal Fliegen", sagte Anne. „Zu mir sagt er manchmal auch ‚Biene'."

„An seinem Garten bin ich vorbeigekommen", meinte Tom. „In der Laube war kein Licht."

„Das würde doch nur die Feinde anlocken", lachte Gina.

Tom tippte Locke mit dem Finger auf die Nase.

„Den Kalbsknochen für unseren Vierbeiner kannst du zwar erst morgen besorgen, aber was den zweiten Teil der Belohnung betrifft. . . "

Er sprach nicht weiter, grinste, schob den Kopf vor und schloß die Augen. In der Haltung erwartete er die versprochene Belohnung.

„Du darfst die Augen erst öffnen, wenn ich es sage", befahl Locke.

Sie kniff die zarten Lippen zusammen, als halte sie einen Kirschkern dazwischen, küßte ihren Freund rasch, zog dann Gina herbei und stellte sie vor ihn hin.

„Nun rat mal, wer dich eben geküßt hat!"

„Waaas?"

„Augen auf!"

Tom sah Gina an, und sein Kinn sackte fast auf die Brust.

Das Mädchen war dunkelrot angelaufen, obwohl völlig unschuldig.

„Eh. . . ja", murmelte Tom. „Irgendwas war anders."

Locke lachte und half den beiden aus der Verlegenheit.

„Ich bin empört, Engelbert. Du müßtest merken, daß ich es war. Habe die Futterluke nur ein bißchen verkniffen. Und schon läßt du dich hinters Licht führen."

„Nein, nein!" wehrte er sich. „Ich sagte ja nur, irgendwas

war anders. Aber natürlich warst du's. Das würde ich unter Tausenden. . . eh. . . herausfinden."

„Untersteh dich!" Locke drohte mit dem Finger.

Mäxchen, der dabei stand, grinste bis zu den Ohren, fand aber doof, was die Großen so trieben. Er – das stand für ihn fest – würde sich später anders beschäftigen, jedenfalls nicht mit solchen Kinkerlitzchen *(Albernheiten)*.

Annegret, die ja zwei Jahre älter war und damit erheblich reifer, kicherte verschämt.

„Ob die Ganoven noch mal kommen?" fragte Gina, nur um auf ein anderes Thema zu lenken. Sie spürte, wie puterrot sie war. Vor allem deswegen, weil sie Locke recht gern vertreten hätte – beim Austeilen der Belohnung.

„Die sind wir los!" meinte Tom. „Jedenfalls für heute nacht."

„Daß sie Rachepläne schmieden, ist ihnen zuzutrauen. Aber sie wissen, daß wir die Polizei verständigen. Also werden sie sich was anderes ausdenken. Was Gemeines, Hinterhältiges, das nicht nachweisbar ist. Vielleicht legen sie Giftköder aus, um Nicki zu treffen. Oder sie legen Feuer. So oder so – morgen können wir hier nicht übernachten. Mäxchen, Anne – es tut mir leid für euch. Aber es wäre unverantwortlich. Ihr kämt vielleicht in große Gefahr. Und eure Mutter wird's ohnehin nicht erlauben, wenn sie erfährt, war hier los war."

Die beiden Kleinen sahen das ein.

„Aber jetzt gehen wir noch nicht nach Hause!" meinte Mäxchen. „Heute bleiben wir hier, nicht wahr?"

„Jedenfalls bis zum Frühstück."

„Mindestens solange, daß ich die Regenwürmer sammeln kann, ja?"

„Was willst du sammeln?" erkundigte sich Locke.

„Regenwürmer", fiel Anne ihrem Bruder ins Wort. „Er spinnt. Aber er hat sich das ausgedacht. Hinten beim Kartoffelacker will er Regenwürmer sammeln – mindestens 50 –

und hier aussetzen. Weil wir keinen Hund und keine Katze haben, sollen hier Regenwürmer kriechen. Ich finde sie eklig."

Die drei Großen lachten.

Mäxchen fühlte sich in seiner Ehre gekränkt und erklärte, um die Regenwürmer ginge es ihm nicht, sondern um die Vögel hier. Damit die nicht nur die Kirschen pickten, wolle er sie mit Regenwürmern versorgen. Denn für die Singvögel wären das Leckerbissen.

„Na gut", sagte Gina. „Aber jetzt wird geschlafen."

Mäxchen und Anne zogen sich in die Laube zurück, die andern in die Zelte. Locke und Gina schliefen unruhig. Tom ratzte wie ein Bär. Wußte er doch: Im Fall von Gefahr war auf niemanden mehr Verlaß als auf seinen Nicki.

4. Ein Wirrkopf spielt Krieg

Es war noch sehr früh, als Mäxchen ins Zelt der Mädchen sah. „Ich geh jetzt zum Kartoffelacker. Anne geht mit."

Locke blinzelte ihn schlaftrunken an. Und vorwurfsvoll – wegen der Störung.

Gina seufzte und meinte, ja, gut, sie sollten nur gehen. Dann drehte sie sich auf die andere Seite und schlief weiter, denn – wie gesagt – es war noch sehr früh.

Nicki schaute aus dem vorderen Zelt, als die beiden abzogen. Anne lief zu ihm und streichelte seinen Kopf, was den Vierbeiner zu freudigem Wedeln veranlaßte. Freilich – Körper und Schwanz befanden sich im Zelt und der wedelnde Schweif strich wie ein Scheibenwischer über Toms Gesicht. Er nieste im Schlaf. Wach wurde er nicht.

Die Kinder liefen los.

Goldenes Sonnenlicht überschüttete die Schrebergärten. Auf Gräsern, Blättern und Blüten lag Tau. Die Tropfen funkelten. Vögel jubilierten, als freuten sie sich auf die Fleischportionen, mit denen Mäxchen sie verwöhnen wollte.

Er hatte eine Kinderschaufel geschultert. Anne trug den Plastikeimer, der das Gewürm aufnehmen sollte.

„Aber nachher trägst du den Eimer", bestimmte sie. „Wenn die ekligen Würmer drin sind, fasse ich ihn nicht an."

Mädchen sind doof, dachte Mäxchen. Wie die sich immer haben. Schreien bei jeder toten Maus und rennen vor Blindschleichen weg. Nur gut, daß ich ein Junge bin.

Aber diese Erkenntnis behielt er für sich. Um seine Schwester nicht zu kränken, die bei anderen Gelegenheiten recht nützlich war.

Sie liefen die Straße entlang. Niemand begegnete ihnen. Als sie bei Goldmanns Garten vorbeikamen, schob sich ein Gewehrlauf aus dem Fenster der Laube.

Anne winkte. Mäxchen benutzte seine Schaufel als Gewehr und schoß zurück.

„Peng! Peng! Peng!“

Im Fenster wurden blitzende Brillengläser sichtbar – unter einem feldgrauen Stahlhelm.

„Keine Vorkommnisse!“ rief Goldmann. „Der Feind verhält sich ruhig. Alle Mücken an die Front. Aber mit höchster Wachsamkeit.“

„Peng! Peng! Peng!“

Mäxchen erzielte noch ein paar ‚Treffer‘, dann rannte er in Richtung Kartoffelacker. Anne hopste und war nicht ganz so schnell.

Sie erreichten den Acker, den die Büsche U–förmig umstanden.

Der Chausseegraben war an dieser Stelle in Kanalröhren verlegt, der Boden darüber mit Geröll aufgeschüttet. Trecker und Erntewagen konnten auf den Acker fahren. Die dunkle Erde glänzte feucht.

Dort, wo das Geröll in den Ackerboden überging, drückten sich Reifenspuren in die Erde. Aber nur auf einer armlangen Strecke. Im übrigen interessierte das die Kinder nicht.

Mäxchen lief auf den Acker, was dem ehemaligen Weiß seiner Leinen-Turnschuhe den Tod gab, und stieß seine Schaufel in den Boden.

„Stell den Eimer hierher“, befahl er seiner Schwester.

Er wurde ihm vor die Füße geworfen, denn Anne blieb auf dem Geröllboden. Auch sie trug weiße Turnschuhe, die allerdings – verglichen mit Mäxchens Tretern – wie neu aussahen.

Der Junge grub. Seine Schwester sah zu.

Klirrend stieß die Schaufel auf Metall.

„Nanu?“

Er schippte Erde beiseite. Ein Faß kam zum Vorschein. Es war von Rost überzogen und sah sehr alt aus. Aber Reste bunter Farbe hafteten noch hier und dort am Stahlblech – oder was auch immer für Metall das war.

„Ich habe einen Schatz gefunden“, freute sich Mäxchen.

Eifrig legte er das Faß frei, indem er die Erde in hohem Bogen beiseite warf.

Anne wurde neugierig, und die Neugier war stärker als ihr Hang zu sauberen Schuhen. Sie kam näher.

„Das ist kein Schatz, du Spinner, sondern ein altes Faß. Und ganz bestimmt leer."

Er versuchte, es hochzuheben. Das mißlang.

„Es ist voll. Und sehr schwer. Und ich bin kein Spinner. Du spinnst. Weil du Angst hast vor Regenwürmern. Da ist schon einer."

Er zog einen fetten Wurm aus dem Boden und warf ihn in den Eimer. Dann wandte er sich wieder dem Faß zu.

„Was da wohl drin ist?"

Er schlug mit seiner Schaufel auf das Blech. Rost löste sich ab. Farbreste zerkrümelten. An einigen Stellen schien das Faß zu schwitzen. Feuchtigkeit drang durch das Blech wie durch die Poren einer Haut. Aber es war nur sehr wenig – weniger als der Dunst, der sich auf einer Fensterscheibe abschlägt.

„Wenn du mit anfaßt, können wir's zur Straße rollen", ermunterte er seine Schwester. Aber dazu war Anne nicht bereit.

Sie deutete auf eine Mulde, die wenige Meter entfernt war. Die glattwandige Vertiefung zeigte deutlich: Auch dort hatte ein Faß gelegen. Nebenan türmte sich als kleiner Hügel frische Erde. Offensichtlich hatte sie das Faß bedeckt.

„Da war noch eins", sagte Anne. „Jetzt ist es weg. Jemand hat's weggeholt. Siehst du die Fußspuren?"

Sie drückten sich in den Boden.

„Dann ist es wertvoll", meinte Mäxchen. „Also doch ein Schatz. Ich rolle es zur Straße."

Er packte hart an, konnte das Faß etwas bewegen und stemmte sich dabei fest in den Boden. Er spürte, wie weiche Erde unter seinen Füßen nachgab. Dann trat er auf was Hartes.

Er ließ von dem Faß ab, schaufelte dort, wo das Harte lag, und entdeckte ein zweites.

„Du, der ganze Acker ist voll", verriet er seiner Schwester. „Mindestens tausend Fässer."

„Du spinnst. Wir wissen nur von dreien. Und eins davon ist weg."

„Ich wette, es sind mehr."

„Na und? Was wird drin sein? Jauche. Du hast tausend Fässer Jauche entdeckt. Ich denke, du willst Regenwürmer sammeln."

„Da kommt Goldmann." Er sah an ihr vorbei.

Anne hörte Marschschritte auf der Straße, drehte sich aber nicht um. Der komische Kauz gehörte hier zum Bild. Die Kinder sahen ihn nahezu täglich.

Er kam heran, seinen Vorderlader in der Hand. Er trug den Stahlhelm, der ziemlich verbeult war – und bekannt in der ganzen Kolonie als ‚Goldmannscher Gehirnwärmer'. Der Mann schien nicht nur voller Mißtrauen gegen seine Umwelt zu sein, sondern auch argwöhnisch, was den Sitz seiner Hose betraf. Um sie nicht zu verlieren, hatte er sich sowohl mit Hosenträgern als auch mit einem schmalen *und* einem breiten Gürtel abgesichert. Sein grauer Spitzbart war ungleichmäßig gestutzt.

„Guten Morgen, Kinder!"

Er zog eine Bonbon-Tüte aus der Tasche und bot beiden an. Dann nahm er selbst eins, wobei er den alten Schießprügel zwischen die Beine klemmte.

„Habt ihr Verfolger bemerkt?"

Anne schüttelte den Kopf. Mäxchen wickelte sein Bonbon aus dem Papier.

„Aber laßt euch nicht täuschen", ermahnte Goldmann. „Sie sind überall. Bestimmt kommen auch die Hubschrauber wieder. Auch der Laster von heute nacht brachte für den Feind Verstärkung. Fast lautlos ist der gefahren. Aber – hah! – Erich Goldmann ist auf der Hut. Bis zum letzten Blutstropfen werde ich die Kolonie verteidigen. Was ist das?"

Er wies auf die Fässer.

Hätten sie gefunden, erklärten sie ihm.

Goldmann brachte seinen ungeladenen Meuchelpuffer in Anschlag und näherte sich vorsichtig.

„Material vom Feind. Ohne Zweifel!" stellte er aufgeregt fest. „Getarnte Raketen sind das. Atombomben. Wie gut, daß ihr sie entdeckt habe. Ihr habt euch verdient gemacht. Hier!"

Da Verdienste belohnt werden müssen, teilte er abermals Bonbons aus.

Dann schien ein lichter Moment seinen verwirrten Kopf zu erhellen.

„Am besten, ich melde es der Polizei."

Er nahm den Stahlhelm ab und starrte ihn an, als hätte er keine Ahnung, wie er an das Ding komme.

„Ich telefoniere, Kinder. Ja, ich telefoniere. In der Marienburg", das war seine Laube, „habe ich Telefon."

Er rannte zur Straße.

„Telefon." Anne lachte. „In der ganzen Kolonie ist kein Telefon. Heute spinnt er wieder besonders schlimm."

„Dann geht er eben zum Meisenweg. Dort ist eine Telefonzelle."

Mäxchen wischte sich die Hände an der Hose ab. Sie waren etwas feucht – sicherlich von dem Schmierfilm auf dem Faß.

„Der geht bestimmt nicht dorthin", sagte Anne, ohne ihre Überzeugung zu begründen.

Trotzdem hatte sie recht. Denn schon auf dem Weg zu seiner Marienburg-Laube änderte Goldmann den Entschluß. Nicht die Polizei! Wußte man denn, ob die zuverlässig war? Vielleicht steckte sie mit dem Feind unter einer Decke.

Hah! – er hatte eine bessere Idee.

Auf dem Kartoffelacker verloren die Kinder inzwischen das Interesse an den Fässern.

Mäxchen besann sich auf seine Regenwürmer und sammelte eifrig. Anne ging zu der Wiese auf der anderen Seite der Straße und pflückte Wildblumen.

Mäxchen fand 23 Regenwürmer. Außerdem eine tote Feldmaus, gebleichte Knochen von irgendwas, verschiedene Käfer und anderes Gewürm. Alles wurde in den Eimer getan, auch die tote Maus. Wobei er sich nicht sicher war, ob er den Vögeln damit eine Freude machte.

Dann liefen die Kinder zurück.

Im Mückschen Schrebergarten herrschte reges Leben. Tom hatte die Zelte abgebrochen und marschbereit verpackt. Nicki tollte umher, jagte Schmetterlinge und freute sich über die Rückkehr der Kinder. Locke hatte ihr Haar gebürstet und trug bereits einen ihrer wagenradgroßen Strohhüte, was bei

Sommersonnenwetter für sie selbstverständlich war. Gina hatte Tee aufgebrüht. Ansonsten wollte man auf Frühstück verzichten. Niemand verspürte Appetit.

Der wäre ohnehin vergangen, als Mäxchen seine Beute vorwies.

„Igittigitt!"

Angewidert verzog Gina das Gesicht.

„Hast du das angefaßt?" fragte Locke den Jungen.

„Klar!"

„Dann geh zur Regentonne und wasch dir die Hände. Mit Seife! Tote Mäuse fäßt man nicht an. Die ist ja schon halb verwest. Davon kannst du krank werden."

Mäxchen gehorchte.

Auf einen Abfallhaufen mußte er dann den Eimer leeren.

Alle tranken Tee. Gina war nicht ausgeschlafen und blinzelte. Tom trank drei Becher und drängte dann zum Aufbruch. Er wollte zur Polizei und Anzeige erstatten gegen Börner, Schrenk und Stangl. Locke und Gina sollten ihn als Zeugen begleiten. Die beiden Kleinen wollte man vorher nach Hause bringen.

Sie machten Ordnung, schlossen die Laube ab, verstauten alles Gepäck und schoben die Fahrzeuge zur Straße. Tom transportierte beide Zeltbündel auf seinem ‚Hirsch'.

Sie fuhren stadtwärts.

Von den Fässern hatten weder Mäxchen noch Anne was erwähnt.

★

Stangl hatte die Hose gewechselt, Schrenk – der Stoppelkopf – seine blauen Flecke mit Schnaps eingerieben.

In der Barackensiedlung ging es laut zu – zu dieser frühen Stunde, wie es üblich ist unter Menschen, die keine Rücksicht nehmen – weder auf Nachbarn noch auf den Rest der Familie, falls dieser vorhanden.

Schrenk und Stangl waren ledig. Börner besaß ein holdes Weib. Aber seit seiner letzten, mehrjährigen Gefängnisstrafe hatte er Sybille nicht mehr gesehen. Er wußte nicht, ob und wo sie lebte; und es war ihm gleichgültig. Er sprach nie von ihr. Daß er an sie dachte, geschah nur zu Ostern und Weihnachten.

Viele Fenster standen offen. Sämtliche Radios waren auf volle Lautstärke gedreht, als wollte jeder Rundfunkteilnehmer den andern übertrumpfen. Mütter schrien mit ihren Kindern, die in dieser Umgebung kaum eine Möglichkeit hatten, sich vorteilhaft zu entwickeln. Jugendliche bastelten an ihren Motorrädern, um sie schneller zu machen. Motore dröhnten unter Vollgas, daß die Luft zitterte.

Die drei Ganoven hatten sich bei Börner versammelt.

Zum Frühstück gab es Zigaretten und Bier.

Die Schmach der letzten Nacht hatte man entschuldigt – jeder vor sich selbst. Den Jungen – ja, den hätte man fertiggemacht. Aber der Hund – wer hätte ahnen können, daß da eine blutrünstige Bestie im Zelt ist!

Börner schloß das Fenster, um den Lärm auszusperren.

„Was diesen Mistkerl betrifft, lassen wir uns noch was einfallen. Aber das hat Zeit. Wichtiger ist, was wir der Polizei sagen."

„Ja, was sagen wir denn?"

Stangl glotzte dümmlich. Er hatte ein grobes Gesicht mit Stirnwülsten und die Grundschule ohne Abschluß verlassen – nach Wiederholung dreier Klassen.

„Darüber müssen wir nachdenken", meinte Börner. Und dachte: Schrenk und ich müssen nachdenken.

„Der Bursche hat meinen. . . meinen. . . Wie heißt das noch?" Stangl schob die borstigen Brauen zusammen.

„Personalausweis", murmelte Werner Schrenk.

„Ja! Den hat er."

„Meinen auch. Und damit geht er zu den Bullen. Und die kennen uns. Jeden von uns. Wir sind vorbestraft. Aber letztlich – ja, letztlich steht Aussage gegen Aussage. Beweisen können die nichts. Kinder gelten nicht als Zeugen. Und die Mädchen – was haben die schon gesehen?"

Börner nickte beifällig, zündete sich eine frische Zigarette an, nahm einen Schluck aus der Bierflasche und wischte dann die Lippen ab. Er wirkte wohlgelaunt – trotz der nächtlichen Ereignisse. Seinen Freund Schrenk wunderte das. Stangl merkte es gar nicht. Er merkte nie etwas.

„Am besten ist", sagte Börner, „wir bemeiern *(überlisten)* die Bullen, indem wir angreifen, statt uns zu verteidigen."

Seine Froschaugen leuchteten. Er kratzte sich in den Bartstoppeln, die inzwischen etwas gewachsen waren.

„Und wie?" fragte Schrenk.

„Indem wir die Rollen vertauschen."

„Aha, du meinst. . . "

„Das verstehe ich nicht", sabbelte Stangl dazwischen. „Wir sollen die Polizei angreifen? Wieder mit Knüppeln? Die haben doch auch Hunde, Polizeihunde, und . . . "

„Neiiiiin, Walter!" Börner runzelte die Stirn. „So meine ich das nicht. Wir greifen an, indem wir den Spieß umdrehen. Wir gehen zur Polizei und machen Anzeige. Gegen den Jungen und seinen Hund. Verstehst du? Nicht wir sind über die hergefallen, sondern die über uns."

„Die über uns?" fragte Stangl erstaunt. „Ja, richtig. Aber doch nur, weil wir in den Garten eingedrungen. . . "

„Mensch, Walter, kapier doch!" Börner verdrehte die Augen.

„Wir kamen von einem nächtlichen Spaziergang, wir drei. Ahnungslos sind wir an dem Schrebergarten vorbei gegangen. Plötzlich griff uns der Junge mit seinem Hund an. Dich hat der Hund zu Boden gerissen. Werner wurde zusammengeschlagen. Ich. . . äh. . . konnte fliehen. Euch hat der Kerl die Ausweise abgenommen. Das war's. Deshalb zeigen wir ihn an – wegen Körperverletzung. Weshalb er uns angriff, wissen wir nicht. Vielleicht war's eine Verwechslung."

Stangl nickte.

„Geh jetzt in deine Bude!“ Börner wies mit dem Daumen zur Tür. „Und merk dir, was du zu sagen hast. Nachher sind wir bei den Bullen. Werner und ich holen dich ab.“

Stangl verzog sich.

Schrenk strich über seine schwarzen Stoppelhaare.

„Hoffentlich geht das gut. Er ist blöd.“

„Mitnehmen müssen wir ihn. Der Junge hat Walters Ausweis.“

Schrenk nahm die nächste Flasche aus dem Bierkasten, der unter dem Tisch stand.

„Ich habe Walter weggeschickt“, sagte Börner, „weil ihn die andere Sache nichts angeht.“

Die andere Sache – von der hatte Schrenk ihm heute nacht erzählt, nach dem mißglückten Überfall.

„Noch mal, Werner! Du hast wirklich gesehen, wie elf Fässer im Kartoffelacker vergraben wurden?“

„Von zwei Typen“, nickte Schrenk, „die Kappold und Lehmann heißen. Und es war ein Laster der Fannke-Chemie-Fabrik.“

„Hm, Hm, Hm.“

„Geh hin und sieh nach!“

„Ich glaub's dir ja.“

„Für mich ist klar: Fannke läßt Giftabfälle vergraben. Die vorgeschriebene Beseitigung ist bekanntermaßen kostspielig. Soviel ich weiß, werden giftige Chemieabfälle in Deponien *(zentraler Müllabladeplatz)* gesammelt. Und entweder nach besonderen Verfahren vernichtet. Oder weit draußen im Meer versenkt, weshalb“ er lachte, „mancher Seefisch so mies schmeckt und auch nicht mehr so gesund ist wie früher. Jedenfalls – die Beseitigung von dem Gift, das in manchen Fabriken bei der Herstellung anfällt, ist teuer.“

„Den Zaster will Fannke sparen“, nickte Börner.

„Hat's doch schon oft gegeben, daß skrupellose Fabrikanten ihren Dreck einfach in die Umwelt leiten.“

„Zum Beispiel in die Flüsse. Die Zeitungen waren voll von diesen Fällen. Die Fische sind verreckt. Die Umwelt war verseucht. Die Übeltäter wurden schwer bestraft – so man feststellen konnte, wer's war."

„Schlecht für Fannke." Schrenk grinste, obwohl ihm alle Rippen schmerzten. „Ich werde ihn ein bißchen erpressen. Entweder er zahlt mir Schweigegeld, oder ich lasse ihn auffliegen. Du bist natürlich beteiligt, Leo. Ich brauche Rückendeckung."

Börner nickte. In seinen Froschaugen lag ein Schimmer, als zähle er Geld.

„Mußt aber vorsichtig sein, Werner. Fannke ist ein mächtiger Mann."

„Dann macht's ja erst richtig Spaß, dem eins auszuwischen."

„Wann willst du's machen?"

Schrenk grinste. „Bald. Aber erst bringen wir die Sache mit den Bullen hinter uns. Und ein bißchen Erholung", er befühlte sein Brustbein, „täte mir gut."

Sie saßen noch eine Weile beisammen. Schrenk meinte dann, er lege sich für eine Stunde aufs Ohr.

Als er gegangen war, stellte Börner die leeren Bierflaschen in den Kasten zurück. Aber seine Gedanken drehten sich nur um das Faß.

Heimlich hatte er's geholt – vorhin, noch während der Dunkelheit. Schrenk wußte nichts. Jetzt lag das Faß in Börners Schuppen, gut versteckt unter Gerümpel und Altpapier.

Er verließ seine Wohnung, schlenderte den Flur zum Eingang hinunter und grüßte eine Nachbarin. Lockenwickler steckten in ihren rotgefärbten Haaren, eine Zigarette hing ihr im Mundwinkel.

„Tag, Börner", nickte sie. „Was war denn heute nacht?"

„Heute nacht? Was soll gewesen sein?"

„Ich dachte, du warst mit Schrenk unterwegs."

„Na, und?“

Sie fing den Blick seiner Froschaugen auf, murmelte was und wandte sich ab. Manchmal war er wirklich unausstehlich – dieser unrasierte Typ.

Börner schlenderte durch den Sonnenglanz des frühen Vormittags zu den Schuppen, die stadtseitig vor den Baracken standen: Bretterverschläge mit Wellblechdächern. Ein Vorhängeschloß sicherte die Tür.

Er trat ein und blieb einen Moment stehen, um die Augen an das Halbdunkel zu gewöhnen. Dann schloß er die Tür.

Es gab kein elektrisches Licht. Durch eine Aussparung über der Tür drang Sonnenschein herein.

Börner räumte das Gerümpel beiseite. Das Faß lag auf leeren Säcken. Damit es nicht rollte, hatte er die Seiten verkeilt.

Feixend musterte er das Faß. Er wußte, was er hatte. Oh, ja! Damit ließ sich was anfangen, wenn man's richtig anfing!

Es war rostig, aber trotz seines Alters ziemlich gut erhalten, jedenfalls leckte es nirgendwo; und er hatte es getragen und gehandhabt wie seinen Augapfel – das schwere und kaum handliche Ding.

Bunte Farbe blätterte ab. Die Schrift an der einen Seite war unleserlich. Bis auf eine Stelle, die dem Verwittern getrotzt hatte – in Jahrzehnten. Dort stand in bröckligem Schwarz auf orangefarbenem Grund: XT 44

Dahinter warnte ein halber Totenkopf. Die andere Hälfte war in der Erde geblieben.

„XT 44", murmelte er. „Das schlimmste Gift aller Zeiten. Aber in meinen Händen wird daraus pures Gold."

5. Wiedersehen im Wachlokal

Die kleinen Mücken wurden nach Hause gebracht und die Zelte abgeladen. Frau Mück war entsetzt, als sie von den Ereignissen erfuhr. Überschwenglich bedankte sie sich bei Tom. Nicki erhielt eine Bockwurst, die er mit Hingabe fraß.

Dann fuhren Locke, Gina und Tom zu den Conradis, wo Nicki bleiben sollte.

Toms Mutter, die Tierärztin Dr. Helga Conradi, kam für einen Moment aus der Praxis und begrüßte die drei. Tom küßte seine überaus ansehnliche Mama auf die Wange, was er freilich nur tat, wenn die Galanterie *(Ritterlichkeit)* ihn packte. Seit er älter wurde, mehrten sich diese Anfälle.

Helga umarmte Locke, die für sie fast eine Tochter war, und erkundigte sich, wie es denn gewesen sei – nachts in Zelt und Laube.

Sie wußte nicht, weshalb die Junioren *(Jugendlichen)* Nicki gestern abend geholt hatten. Sie war nicht zu Hause gewesen. Lockes Vater, ihr zukünftiger Mann, hatte sie ausgeführt – zum Griechen, wo die gehackten Tintenfische, gebraten oder roh, besonders gut schmeckten.

„Drei Ganoven haben uns überfallen", berichtete Locke. „Typen aus der Barackensiedlung. Aber du hättest sehen sollen, Helga, wie die von Tom und Nicki verbleut wurden. Sogar die Ausweise hat Tom ihnen abgenommen. Jetzt wollen wir zur Polizei und die drei anzeigen."

Helga legte die Hände aneinander wie im stillen Gebet. „Euch ist nichts passiert, wie? Das ist das Wichtigste."

Ihr medizinisch – tiermedizinisch geschulter Blick suchte die drei nach etwaigen Verletzungen ab. Aber alle Gliedmaßen schienen noch vollzählig vorhanden. Nur bei Gina waren einige Sommersprossen verloren gegangen, waren nämlich letzte Nacht im Schreck erbleicht.

„Mit den drei Typen war ja nichts los", meinte Tom wegwerfend. „Das hätten die Mädchen fast allein geschafft."

Schaudernd zog Gina die Achseln hoch.

Locke lächelte. „Jetzt macht er auf bescheiden, dein Sohn. Ehrlich, Helga, das sind Verbrecher. Erst haben sie uns angepöbelt und schon mal Kloppe bezogen, und dann. . . "

Sie erzählte ausführlich. Helga machte eine ergebene Miene. Sich hinterher zu sorgen, hatte wenig Sinn. Es war nun mal bekannt: Locke liebte Abenteuer, und Tom scheute keine Gefahr. Zusammen waren die beiden ein Quell ständiger Aufregung – für Umwelt und Familie.

Die Haustür wurde aufgeschlossen. Mit-Ha, die rundliche Haushälterin, kam vom Einkauf zurück. Sofort stellte sie fest, daß da drei leere Mägen ein Frühstück vertragen konnten. Und die Junioren sagten nicht nein. Für einen Moment gesellte sich Helga zu ihnen. Dann mußte sie in die Praxis zurück, wo kranke Tiere auf ihre Hilfe warteten.

Als die drei zum Polizeirevier fuhren, fragte Gina, wieso die Haushälterin Mit-Ha genannt werde.

„Ich denke, sie heißt Mehrrettich."

„Aber mit-Ha", erklärte Locke. „Darauf legt sie Wert, die Frau Mit-Ha! Deshalb!"

Vor dem Polizeirevier parkten sie die Roller und Ginas Rad. Locke trug ihren Strohhut. Sie und Tom hatten auf die Sturzhelme verzichtet - ausnahmsweise mal, denn mit Rücksicht auf Ginas – unmotorisiertes – Zweirad war man sehr langsam gerollert.

Ein freundlicher Polizist fragte, was anliege. Locke berichtete. Tom legte die Ausweise vor, von Stangl und Schrenk.

Der Polizist – ein junger Wachtmeister mit Schnauzbart – war verblüfft.

„Das ist ja ein Hammer", meinte er. „Die beiden", er tippte auf die Ausweise, „sind hier bekannt. Schrenk ist ein ganz linker Vogel, Stangl wird regelmäßig in Schlägereien verwikkelt. Daß du mit denen", wandte er sich an Tom, „fertiggeworden bist – Donnerwetter! Und was Börner betrifft – da seht euch vor! Der ist gefährlich. Ein Profi ist das."

„Wir meinen", sagte Locke, „ein – mit Knüppeln bewaffneter – Überfall ist ein Überfall, eine schlimme Straftat, nicht wahr, und sowas kann man nicht unter den Teppich kehren. Die machen das doch an der nächsten Ecke wieder, wenn niemand sie aufhält. Deshalb erstatten wir Anzeige."

„Daran tut ihr recht."

Sie konnten Platz nehmen auf einer Holzbank. Der Wachtmeister setzte sich an seinen Schreibtisch, um das Protokoll zu tippen.

Ein älterer Kollege kam herein und nickte den Jugendlichen zu. Sein Uniformhemd war durchgeschwitzt, und er schien so verzweifelt, als lasteten Recht und Ordnung der ganzen Stadt ausschließlich auf seinen – pensionsreifen – Schultern.

Zu dem Wachtmeister sagte er, in der Bleibetreu-Straße und rund um die Sebastians-Kirche breche der Verkehr zusammen. Aber das war ja nichts Neues.

Im Nebenraum quäkte ein Sprechfunkgerät.

Locke spitzte die Ohren, verstand aber kein Wort. Vermutlich verstanden auch die Beamten nichts, denen die Durchsage galt.

„So, dann wollen wir mal." Der Wachtmeister tippte fünf Buchstaben und blickte dann auf.

Drei Männer traten ein. Schrenk schritt voran. Stangl wurde von Börner geschoben, Stangl sah unglücklich aus. Verblüfft starrte er Locke, Gina und Tom an und ließ die schwere Kinnlade hängen. Börner versuchte, seine Froschin Schlitzaugen zu verwandeln, aber die blieben glubschig.

Was wollen die denn? dachte Locke erstaunt. Treten sie freiwillig an, um ihre Strafe abzusitzen? Aber soweit ist es doch noch gar nicht.

Der junge Wachtmeister blickte verwundert. Sein erschöpfter Kollege trat hinter die Barriere, die den Raum teilte.

„Ja, bitte?" Fragend sah er die drei an.

„Wir erstatten Anzeige", erklärte Schrenk forsch. Ein giftiger Blick aus tiefliegenden Augen strich über die drei.

„Worum geht's?" fragte der Polizist.

„Wir wurden überfallen", log Schrenk. „Letzte Nacht. Draußen in der Schrebergarten-Kolonie."

„Hermann, laß mich das machen", sagte der junge Polizist; und sein Kollege – froh darüber – schlurfte ab in den Nebenraum, wo der Sprechfunk noch immer quarrte.

„Sie wurden also überfallen?" stellte der Wachtmeister fest.

Schrenk und Börner nickten. Stangl glotzte die drei Teens an, als könnte er sich nicht sattsehen am Anblick der Gegner.

„Ja, so war's!" nahm jetzt Börner das Wort. Anklagend spießte ein knubbliger Zeigefinger in Toms Richtung. „Der Kerl, der Lümmel, hat uns überfallen. Hatte einen gefährlichen Hund dabei. Eine tollwütige Bestie. Der müßte eingeschläfert werden, wenn Sie mich fragen. Rätselhaft ist uns vor allem, wie es dazu kam. Weshalb, meine ich. Schließlich sind wir . . . äh. . . friedfertige Menschen."

„Das ist aktenkundig und durch zahlreiche Vorstrafen bewiesen", meinte der Wachtmeister ironisch *(spöttisch)*.

„Naja, was früher war, ist vorbei." Börner grinste schief. „Der Mensch ändert sich und lernt dazu. Unsere Jugendsünden kann man uns nicht endlos vorhalten, oder? Was war, das war. Wir haben schon lange ein neues Leben angefangen."

„Ich bin beeindruckt", nickte der Polizist. „Und wie war das mit dem Überfall?"

„Also, Schrenk, der Stangl und ich – kommen wir von 'nem nächtlichen Spaziergang durch die Straße im Schrebergartenviertel, da passiert es. Plötzlich wie der Blitz aus heiterem Himmel fallen der Lümmel und. . . "

„Ich stelle fest", unterbrach Tom, „daß ich bereits zum zweiten Mal mit dem Wort Lümmel beleidigt wurde. Bitte, vermerken Sie das, Herr Wachtmeister."

NO

Der nickte. Zu Börner sagte er: „Unterlassen Sie solche Titulierungen *(Anreden)*! Berichten Sie nur, was Sache ist!"

Börner biß sich auf die Unterlippe. „Die beiden fallen also über uns her. Der Hund reißt Stangl zu Boden und geht ihm an die Gurgel. Schrenk wird niedergeschlagen. Ich. . . äh. . . konnte gerade noch entkommen. Dann hat der . . . Junge meine Freunde ausgeplündert. Hat ihnen die Ausweise gestohlen."

„Ihre Ausweise sind hier. Sie wurden eben von den drei Jugendlichen gebracht. Sie haben im übrigen Anzeige erstattet – und was sie aussagen, hört sich sehr glaubwürdig an."

„Aha, Sie sind voreingenommen", plärrte Schrenk.

„Keineswegs. Aber Ihre Taktik *(planvolles Vorgehen)* ist sehr durchsichtig." Er wandte sich Locke zu, die mit der Hand wedelte. „Ja, Fräulein Rehm?"

Dieser plumpe Gegenangriff mußte doch abzuwehren sein. Locke war überzeugt, daß Schrenk und Börner sich geeinigt hatten. Die schworen sicherlich jeden falschen Eid. Aber dieser Stangl war das schwache Glied in der Kette aus Lügen – sah man doch, wie beschränkt er war.

„Ich möchte Herrn Stangl was fragen."

„Bitte!" nickte der Wachtmeister.

„Warum haben Sie eigentlich mitgemacht bei dem Überfall auf uns, Herr Stangl? Sind Sie mit den beiden Herren befreundet, oder stimmt es, daß die ihnen 100 Mark gegeben haben?"

„Waaas? Hundert Mark? Wer. . . wer sagt das? Ist ja gelogen. Eine Flasche Schnaps habe ich gekriegt. Sonst nichts."

„Halt den Mund!" fuhr Börner ihn an.

Locke lächelte. „Also für eine Flasche Schnaps waren Sie bereit, uns zu überfallen. Nicht aus Freundschaft zu Börner und Schrenk?"

„Doch. . . äh. . . befreundet sind wir auch. Und weil sie Hilfe brauchten, weil sie sagten, daß sie allein mit dem Jungen nicht fertig werden. . . "

„Hören Sie nicht auf ihn!" rief Schrenk. „Er ist behämmert, weiß nicht, was er sagt. Dem können Sie alles in den Mund legen."

Der Wachtmeister nickte. „Auch falsche Aussagen, nicht wahr?"

„Geh raus, Walter! Warte draußen!" zischte Börner den Dümmling an.

„Stangl bleibt hier!" sagte der Wachtmeister. „Er hat nämlich soeben ziemlich direkt zugegeben, daß er zum Überfall angestiftet wurde. Wenn Stangl vernommen wird, käme sicherlich die Wahrheit zutage. Und die sieht, kurzgefaßt, so aus: Börner und Schrenk pöbelten abends die Mädchen an und betraten den Schrebergarten. Engelbert Conradi schlug Schrenk in Notwehr zu Boden. Nachts kamen Börner, Schrenk und Stangl mit Knüppeln, um Rache zu nehmen. Das Vorgehen war ein bewaffneter Überfall. Sie drei betraten den Garten. Dann erst wurden Sie von Engelbert Conradi und seinem Hund angegriffen. Das heißt, der junge Mann befand sich in einer Notwehrsituation und verteidigte sich und die Mädchen. Ich frage Sie", der Ton seiner Stimme warnte, „ob Sie Ihre Aussage aufrecht erhalten und Anzeige erstatten wollen?"

Börner und Schrenk wechselten einen Blick. Wut erstickte die beiden fast.

„Wir. . . kommen nochmal wieder", murmelte Schrenk.

Er machte kehrt, zog Stangl am Arm und hatte es eilig, hinauszukommen. Börner stampfte hinterher.

„Der Stangl kriegt es jetzt", lachte Locke. „Er hat ihnen den schönen Plan verpatzt."

Der Wachtmeister lächelte. Für zwei, drei Sekunden versank er in Lockes Anblick. Soviel Lieblichkeit und Rasse zugleich!

Tom räusperte sich.

„Die kommen nicht wieder", sagte der Wachtmeister rasch. „Jedenfalls nicht freiwillig. Aber sie werden vom

Amtsgericht hören, wenn wir eure Anzeige weiterleiten. Im übrigen, Fräulein Rehm – das war sehr geschickt eben, wie Sie den aufs Glatteis führten. So machen das unsere Verhör-Spezialisten."

„Das bin ich nun wirklich nicht", erwiderte Locke. Sie spürte, wie er sie bewunderte. Aber sie flirtete nicht, sondern senkte die langen Wimpern über die Glutaugen und den Blick zu Boden – einem Wachlokalboden, der mit graubraunem Kunststoff ausgelegt und unglaublich häßlich war.

Das Protokoll wurde aufgenommen, damit verbunden die Anzeige. Sie unterschrieben, die drei – und Gina schnörkelte ihren vollen Namen: Gina-Babette.

Im Nebenraum schwieg der Sprechfunk. Stattdessen schrillte das Telefon und der ältliche Kollege meldete sich.

Locke hörte, wie er sagte: „Ja, die sind noch da. Ja, das richte ich aus. Selbstverständlich gern! Wiederhören!"

Er kam herein.

„Eine Frau Mück hat eben angerufen. . . "

„Meine Mutter?" rief Gina.

„Ihr möchtet sofort zu ihr kommen."

Gina war blaß geworden. „Ist. . . was passiert?"

„Gesagt hat deine Mutter nichts. Aber. . . nun, ich weiß ja nicht, wie sie sonst ist. Sie schien mir etwas aufgeregt."

Hier war alles erledigt. Die drei bedankten sich und stoben hinaus.

. . . *schien etwas aufgeregt,* dachte Locke. Himmel, was ist da nun wieder kaputt? Frau Mück ist doch sonst die Ruhe in Person. Hat Mäxchen einen Regenwurm in sein Zimmer geschmuggelt? Unsinn! Das wäre kein Grund, uns zu rufen.

In einem freilich bestätigte sich Lockes Vermutung: Die Aufregung betraf Mäxchen.

Die Mücken wohnten in einem Mehrfamilienhaus, Parterre links. Eine aufgeregte Mücken-Mutter öffnete den dreien.

Sie war eine füllige Vierzigerin, blond und herzensgut. Den Kampf gegen die Sommersprossen hatte sie aufgegeben.

„Dem Jungen geht's nicht gut", erklärte sie. „Ich habe Dr. Jakob verständigt. Er kommt gleich. Was ist nur mit Mäxchen? Hat er was Schlechtes gegessen? Ihr müßt es doch wissen!"

„Wir haben alle das gleiche gegessen", sagte Locke.

„Uns fehlt nichts", stellte Tom fest.

„Aber es muß was sein, das er sich letzte Nacht zugezogen hat", beharrte Frau Mück und knetete ihre Hände wie Fensterleder.

Gina schüttelte den Kopf. „Kann nicht sein, Mutti."

„Worüber klagt Mäxchen denn?" fragte Locke.

„Er schnappt nach Luft, kann nicht atmen. Er wurde ganz blau im Gesicht. Dann ging's wieder. Außerdem ist ihm übel. Hat sich schon zweimal übergeben. Und dann – das ist sonderbar – seine Hände haben sich gerötet. Sind feuerrot. Auch die Unterarme. Es schmerzt so, daß er nichts anfassen kann. Hat auch Blasen auf den Handflächen. Ob das anstekkend ist? Mein Gott, Anne ist bei ihm. Aaaaanne!"

Anne kam aus dem Zimmer am Ende des Flurs und schloß die Tür hinter sich.

„Er weint", berichtete sie. „Es tut ihm weh."

Alle waren ratlos.

„Ob es was mit dem Gewürm zu tun hat?" überlegte Locke.

„Womit?" fragte Frau Mück.

„Er hat heute früh Regenwürmer gesammelt. Eine verweste Maus war dabei und eine Menge vergammelter Knochen."

Frau Mück verzog das Gesicht, als wäre ein schwerer Gegenstand auf ihre Zehen gefallen.

Es klingelte. Dr. Jakob, der Hausarzt, hatte sich beeilt. Er war nocht recht jung und ständig in Eile.

Während Frau Mück ihn zu Mäxchen führte, berichtete sie von dessen Kontakt *(Berührung)* mit Würmern und toten Mäusen.

Aber der Arzt hielt das offenbar nicht für eine Krankheitsursache.

Die Tür schloß sich hinter ihm und Frau Mück. Locke, Tom und Mäxchens Geschwister warteten.

„Ich habe keine Würmer angefaßt", sagte Anne. „Ist ja auch eklig. Das hat er nun davon. Ob es schlimm ist?"

Schon nach kurzer Zeit kam Frau Mück aus dem Krankenzimmer.

„Es ist eine Vergiftung. Mäxchen muß sofort ins Krankenhaus. Dr. Jakob wird gleich den Rettungswagen bestellen. Mein Gott! Sowas! Woher hat er das? Und die Hände sind veräzt! Auch das ist von dem Gift."

Dr. Jakob ging in den Wohnraum, wo das Telefon stand. Sie hörten ihn sprechen. Dann kam er auf den Flur.

„Ihr wart also seit gestern abend ständig zusammen", stellte er fest. „Max-Peter ist mit hochgiftiger Substanz *(Stoff)* in Berührung gekommen. Also mit etwas sehr Gefährlichem. Das muß euch doch aufgefallen sein."

Keiner hatte was bemerkt.

Locke sagte: „Bestimmt nicht im Schrebergarten, wo wir waren. Aber die Würmer hat er nicht dort gesammelt, sondern auf dem Kartoffelacker." Sie sah Anne an. „Du warst doch dabei."

Das Mädchen machte plötzlich große Augen und hob eine Hand an den Mund.

„Oh! Die Fässer!"

„Was für Fässer?" fragte Dr. Jakob.

„Alte, verrostete Fässer. Ein bißchen bunte Bemalung ist noch dran. Mäxchen hat zwei im Kartoffelacker gefunden und eins ausgegraben. Es war schwer. Er konnte es nicht wegschaffen."

„Also hat er das Faß berührt?"

Anne nickte. „Mit beiden Händen. Er dachte, er hätte einen Schatz. Ich habe es nicht angefaßt."

„Vielleicht ist das die Ursache", murmelte der Arzt – ge-

dankenvoll und wie zu sich selbst. „Ein altes Faß – da kann eine undichte Stelle sein. Und wer weiß, was da drin ist. Am besten, wir verständigen die Polizei, bevor noch mehr Schaden entsteht."

Während er das tat, verabschiedeten sich Locke und Tom. Mit einem Blick hatten sie sich verständigt. Klar, daß ihr nächster Weg zum Kartoffelacker führte – und zwar schlankweg, um zu verhindern, daß andere Ahnungslose das Faß berührten.

Sie wollten Mäxchen gute Besserung wünschen und trösten, aber er hatte wieder einen Erstickungsanfall, und sie durften nicht zu ihm rein.

Als sie sich – behelmt – auf die Roller schwangen, fuhr der Rettungswagen vor. Zwei Sanitäter liefen mit der Trage ins Haus.

„Hoffentlich wird Mäxchen geholfen." Locke schluckte. „Er tut mir so leid, der kleine Kerl. Hat sich gefreut, daß er im Schrebergarten zelten durfte – und dann so ein Abschluß nach der ohnehin schon aufregenden Nacht!"

„Im Krankenhaus kriegen sie ihn schnell wieder hin", war Toms Überzeugung. „Möchte nur wissen, welcher Saukerl solches Gift vergräbt! Giftfässer im Kartoffelacker. Stell dir vor, die Pommes frites *(Kartoffelstäbchen)*, die du vielleicht heute mittag ißt, stammen aus der Ernte."

„Guten Appetit!"

Sie knüpfte das Band fester, an dem der Strohhut auf ihrem Rücken hing. Dann starteten sie.

6. XT 44 – das schlimmste Gift aller Zeiten

In der Schrebergarten-Kolonie herrschte Leben. Das schöne Wetter lockte Laubenpieper und Hobby-Gärtner an. Überall spielten Kinder, und hinter machem Zaun kläfften Hunde.

Locke und Tom hatten sich beeilt. Als sie den Kartoffelakker erreichten, war von der Polizei noch nichts zu sehen.

Aber Erich Goldmann schritt auf dem Geröllboden neben der Straße auf und ab.

Selbstverständlich hatte er sich bewaffnet, allerdings nur mit dem Bogen, der ihm über die Schulter hing. Den Köcher voller Pfeile hatte er vergessen. Ein Feldstecher baumelte ihm auf der Brust. Gerade jetzt blieb er stehen und suchte den Himmel damit ab. Vermutlich erwartete er ein Geschwader feindlicher Flugzeuge.

Immerhin – er erkannte Locke und auch Tom.

„Ah! Ihr gehört zu den Mücken, nicht wahr?"

Während Tom das bestätigte, überlegte Locke, wieviel man dem Wirrkopf sagen könnte. Gleichwohl – auch er mußte gewarnt werden.

„Herr Goldmann", sagte sie, „auf dem Acker hier liegen Fässer. Vergrabene Fässer. Wahrscheinlich enthalten sie ein gefährliches Gift. Mäxchen hat eins der Fässer berührt und ist schwer erkrankt. Nur damit Sie's wissen, ja? Also nichts anfassen."

Als wenn ich zu einem Dreijährigen rede, dachte sie. Hoffentlich begreift er.

Goldmann begriff. Er lächelte schlau. Sonnenlicht funkelte auf den Gläsern der randlosen Brille. Der Spitzbart stand schief.

„Gift? Aha! Oder getarnte Raketen, wie? Nein, ich glaube, ihr habt recht. Gift! Natürlich. In Fässern ist immer Gift. Soso! Das heißt also, der Feind ist schon unter uns. Und heute nacht, der Laster! Jawohl! Der hat das Gift gebracht. Uns allen gilt der Anschlag. Kinder, seid auf der Hut!"

Plötzlich schien ihm was einzufallen. Hastig wandte er sich ab und eilte in Richtung seines Gartens.

Tom hatte seinen Roller geparkt. Suchend ging er umher.

„Siehst du ein Faß? Ich nicht."

Locke nahm den Helm ab und schüttelte ihr Haar.

„Vielleicht sind wir an der falschen Stelle."

Aber es war die richtige Stelle. Denn Tom entdeckte eine Vertiefung, in der zweifellos ein – nicht allzu großes – Faß gelegen hatte. Muldenförmig war die weiche Erde eingedrückt. Wenige Schritte entfernt zeugte ein zweiter Abdruck davon, daß es sich um – mindestens – zwei Fässer gehandelt hatte.

Sprachlos sahen die beiden sich an.

„Mein Gott!" flüsterte Locke. „Jemand hat sie weggeholt!"

„Wer? Und warum? Weiß der Betreffende, wie gefährlich der Inhalt ist – falls Dr. Jakobs Vermutung zutrifft?"

Sie musterte den Boden. Ein kleiner Teil der Fläche wirkte dunkler. Die Erde war frischer – also umgegraben.

Sie machte Tom darauf aufmerksam.

„Und das heißt: Die Fässer wurden erst vor kurzem vergraben. Vielleicht erst heute nacht."

Tom nickte, brach sich einen Stock von einem der Büsche und begann im Boden zu stochern. Sofort wurde er fündig, stieß nämlich auf was Hartes, kratzte Erde beiseite und legte Teile von einem Faß frei.

Sie betrachteten ihre Entdeckung, hüteten sich aber, das Faß zu berühren.

„Also, ein Weinfaß ist das nicht!" meinte Tom.

„Auch kein Tintenfaß. Die bunte Bemalung wurde bestimmt nicht aus Gründen der Schönheit angebracht. Ich meine, das ist Signalfarbe. Sie soll warnen."

„Warnen! Ja! Heh, was ist da los? Hat Goldmann die Kleingärtner gewarnt?"

Er hatte. Zwar wußte jedermann, daß es eine Ausgeburt seines Wirrkopfs sein konnte. Aber wenn ein Gärtner von Gift im Boden hört, ist er alarmiert – und überzeugt sich erstmal, ob an der Sache was dran ist. Außerdem hatten einige Leute beobachtet, wie Locke und Tom den Boden untersuchten.

Man eilte herbei. Hemdsärmelige Männer kamen im Laufschritt – sowie Pensionäre, Frührentner, Sonnenblumenzüchter, Grünkohl-Liebhaber, Petersilie-Mütterchen und Kinder von ganz klein bis fast zu Lockes Jahrgang hinauf.

„Heh, sind hier wirklich Giftfässer?" rief ein rotgesichtiger Pfeifenraucher. Man sah ihm an, daß er sich überall wichtig tat.

„Scheint so", sagte Tom.

Sie zeigten das Faß, äußerten die – begründete – Vermutung, hier lägen noch mehr, und wiesen auf die leeren Mulden und darauf hin, daß zwei Fässer bereits fehlten.

Locke berichtete, daß Mäxchen Mück in bedrohlicher Weise erkrankt sei – nachdem er heute morgen mit einem Faß gespielt hatte.

„Zurück, Leute!" brüllte der Pfeifenraucher. „Hier wird abgesperrt. Alles hört auf mein Kommando! Niemand betritt den Acker! Runter, aber schnell! Das gilt auch für euch", motzte er Locke und Tom an.

Lockes Blick ging durch ihn hindurch, als wäre er dünner als Luft. Wichtigtuer mit Befehlston – die liebte sie wie Bauchweh und Zahnschmerzen.

Toms Miene wurde eisig. Er stand wie ein Gedenkstein, reglos – egal, woher und wie heftig der Wind weht.

„Habt ihr nicht gehört", schnauzte der pfeifenrauchende Kürbisbändiger.

Tom sagte: „Opa, Sie sind hier so überflüssig wie ein Loch im Kopf – und ebenso angenehm. Seien Sie froh, daß wir Ihnen überhaupt was gesagt haben."

Der Mann verschluckte fast seine Pfeife. Das Gesicht

wurde rot wie die Tomaten in seinem Garten – falls er die anbaute.

Umstehende grinsten. Beliebt war er nicht, der Schmaucher. Wahrscheinlich drangsalierte *(unterdrücken)* er andere gern – mit seinem Kasernenhofton.

„Willst du eine hinter die Ohren haben, Bengel?"

Tom zeigte sich angewidert. „Mann, machen Sie sich nicht lächerlich! Ich haue Sie unangespitzt in den Boden, bevor Sie Ihren Luftverpester aus dem Maul nehmen können. Brocken Sie sich das nicht ein!"

Damit endete diese unfruchtbare Auseinandersetzung auch schon – denn die Polizei betrat die Szene, das heißt, sie rollte in einem Streifenwagen herbei, und zwei Uniformierte stiegen aus.

Tom übernahm es, knapp und sachlich zu berichten.

Die Beamten verbannten die Gaffer zur Straße, auch den Pfeifenraucher, was den so wütend machte, daß er, Flüche kauend, abzog. Nur Locke und Tom durften bleiben. Sie zeigten die leeren Mulden und das – halb ausgegrabene – Faß.

Der ältere der beiden Polizisten, ein Graukopf, starrte darauf.

„Das gibt's doch nicht!" murmelte er. „Diese Bemalung! Die kenne ich doch. Wenn das. . . " Er streckte Tom die Hand entgegen. „Gib mal den Stock!"

Er scharrte weitere Erde weg, zuckte zurück und erbleichte sichtlich.

„Ich glaube, meine Vermutung trifft zu. Das ist ein XT 44-Faß."

„Ein – was?" fragte sein junger Kollege.

„XT 44!"

„Nie gehört."

Der Graukopf wich mit ausgebreiteten Armen zurück, wie um auch die andern fernzuhalten – von dem Unheil, das da im Boden lag.

„XT 44", erklärte er heiser, „ist sicherlich eins der grausigsten Gifte, die jemals produziert wurden. Eine Flüssigkeit. Ein Kampfmittel. XT 44 wurde im Zweiten Weltkrieg hergestellt, aber dann doch nicht eingesetzt – aus welchen Gründen auch immer. Einen Tropfen auf der Zunge – kleiner als ein Fliegenschiß – und du bist hin. Es ätzt durch Mark und Bein, wenn du das Zeug berührst. Sickert es in den Boden, ist der Boden verseucht. Alles geht dann kaputt, jedes Lebewesen, jede Pflanze. Das Zeug im Grundwasser – nicht auszudenken! Ich meine mich zu erinnern, daß es noch eine andere Eigenschaft hat: In Verbindung mit Luft – oder war's Wasser? – bildet es Gas. Tödliches Gas."

„Hübsche Erfindung", stellte Tom sarkastisch *(beißender Spott)* fest. „Der Chemiker, dem das gelang, hat sich hochverdient gemacht – um die Menschheit, wie?"

„So ist das nun mal", murmelte der Polizist. „Aber jetzt müssen wir alle zuständigen Stellen verständigen."

Eine halbe Stunde später wimmelte es vor dem Kartoffelacker von Behördenvertretern, Polizisten, Stadtarbeitern, Vertretern des Gesundheitsamtes und Politikern. Je höher der Rang, umso größer die Entfernung zu den Giftfässern. Da wollte keiner was riskieren – schließlich wurde man anderweitig noch gebraucht.

Immerhin – der zweite Bürgermeister trat ganz nah an das Giftfaß, starrte es todesmutig und empört neun Sekunden lang an und zog sich dann schleunigst zurück, wobei er viel Schweiß vom Gesicht tupfte.

Fachleute mußten mehr wagen. Männer in Schutzanzügen begannen, systematisch *(planmäßig)* zu graben.

Neun Fässer wurden entdeckt und freigeschaufelt. Und der Verdacht, daß es sich um das gefährliche Gift handele, verdichtete sich zur Gewißheit. Auf zwei Fässern nämlich war die Beschriftung noch leserlich:

XT 44!

Locke war gleich zum Meisenweg gerollert, wo es eine Telefonzelle gab. Sie rief ihren geliebten Papi an, Gunter Rehm, den Chef der Lokalredaktion vom TAGBLATT, der größten, hiesigen Zeitung.

„Ist ja ein dicker Hund", meinte er, nachdem sie erzählt hatte. „Ein Verbrechen an der Umwelt. Gewissenlosen Typen verdanken wir das. Gib bitte acht, daß es dir nicht wie Mäxchen ergeht."

„An die Fässer, Papi, kommt keiner mehr ran. Die werden abgeschirmt wie ein Staatsgast."

„Ich kann nicht selbst kommen, aber ich schicke Helma Hartig. Kümmere dich um sie – weißt ja, welche Informationen sie braucht."

„Klar, machen wir."

Ihr Vater schien nachzudenken. „Frage Numero eins: Wer hat die Fässer vergraben? Frage Numero zwei: Wer hat die beiden fehlenden geklaut? Und: Was will er damit?"

„Was will jemand, Papi, der sich Gift beschafft?"

„Nur keine Panik, mein Liebling. Der Dieb weiß wahrscheinlich gar nicht, was für eine Dauerkonserve er da hat. Daß er krank wird, ist leider vorprogrammiert *(fest geplant)*. Denn eins der beiden fehlenden Fässer muß undicht sein. Sonst hätte Mäxchen sich nicht verätzt. Sicherlich ist nur eine unwahrscheinlich geringe Menge – nur ein Hauch von XT 44 durch die Faßwand entwichen, andernfalls wäre Mäxchen noch schlimmer dran."

„Du meinst, sobald der Dieb erkrankt – nach Stunden also – wird bekannt, wer es ist?"

„Das ist die eine Möglichkeit, Locke. Die zweite wäre tragisch. Nämlich, wenn der Dieb eine alleinstehende Person ist, stärker mit dem Gift in Berührung kommt – und stirbt. Aber Spekulation *(Grübelei)* bringt jetzt nichts. Ich schicke Helma. Und heißen Dank noch für die Information."

Locke rollerte zum Kartoffelacker zurück. Noch mehr Menschen drängten sich auf der Straße und gafften erwartungsvoll, als gäbe es Freibier. Aus der nahen Barackensiedlung war gekommen, was Beine hatte. Von Börner, Schrenk und Stangl entdeckte Locke allerdings nichts.

„Was sagt Gunter?“ fragte Tom.

Er sah in ihm seinen künftigen Stiefvater, einen Stiefvater, für den er durchs Feuer ging, Gunter Rehm war sein Vorbild – und der einzige Mann, der die Liebe seiner – Toms – Mutter verdiente. Deshalb fühlte Tom auch keinerlei Eifersucht. Genauso empfand Locke. Für sie bestand die gleiche Situation. Ihr war Dr. Helga Conradi die beste mütterliche Freundin, die sie sich denken konnte.

Locke erzählte. Tom nickte.

„Das ist es, Locke, worauf sich die Sache zuspitzt: Wer hat das Teufelszeug vergraben? Wer hat die beiden Fässer entwendet? Nun, Schatz? Was ist? Sag's endlich?“

Sie lächelte. „Wußte ich's doch, du wachst auf. Hallo, Tom! Ein Fall für uns! Das muß doch rauszukriegen sein.“

Er blinzelte mit beiden Augen, dem blauen und dem grünen.

„Weshalb sollten wir uns reinhängen?“

„Da fragst du? Wer vor so einem Verbrechen an seiner Umwelt nicht zurückscheut, der hat sein Gewissen an der Garderobe abgegeben. Oder? So einer handelt immer wieder selbstsüchtig und verbrecherisch, wenn er nicht entdeckt wird. Daraus kann unendlicher Schaden für uns alle entstehen. Wenn wir den Täter entdecken, helfen wir der Allgemeinheit, der ganzen Stadt, uns, Gunter, Helga, Mike, Oma, Mit-Ha, Nicki den Mücken, allen Tieren. Stimmt's?“

Er grinste. „Stimmt.“

„Papi schickt Helma Hartig her.“

„Wer ist das?“

„Sie will Journalistin werden und volontiert *(praktische Berufsausbildung in einem Betrieb)* bei meinem Papi. Sie wird dir gefallen.“

„Du gefällst mir.“

„Das ist ja ein alter Hut.“

„Hohoh! Mir gefällt's immer wieder, wenn ich dir gefalle."

„Du hast mir noch nie gefallen", flunkerte sie lachend.

„Ahnte ich's doch!" murmelte er, scheinbar zerknirscht.

„Dann kann ich ja zugeben, daß ich die beiden Fässer habe. Nachher werde ich den Inhalt in die Badewanne entleeren und mich hineinstürzen. Wird dir schon leid tun, wenn nichts von mir übrig bleibt."

„Gleich weine ich. Du, was machen die denn?“

Sie beobachteten, wie Männer in Schutzanzügen die Fässer zu einem Lastwagen trugen.

„Sie bergen das Gift. Sie haben nämlich inzwischen die Fässer untersucht. Sind dicht. Alle neun. Dicht wie ein Kleinkind, das keine Windel mehr braucht, sondern pünktlich aufs Töpfchen geht.“

„Na, da kann immer mal was schiefgehen. Und wohin bringen sie die Fässer?"

Tom hob die Achseln. „Wahrscheinlich stapelt sie der Oberbürgermeister in seinem Vorzimmer."

„Das täte er nur, wenn morgen sein Nachfolger antritt. Da, Helma kommt!"

Ein Auto-Winzling hopste die Straße herab, hupte – was sich anhörte wie das Nebelhorn eines Überseedampfers – und bahnte sich den Weg. Das Auto war knallrot. Das Schild PRESSE nahm fast die Hälfte der Windschutzscheibe ein. Hinter der anderen Hälfte saß Helma und kämpfte mit dem Lenkrad wie mit einem störrischen Esel.

Sie parkte am Ende der Autoschlange, die sich gebildet hatte aus den Fahrzeugen der amtlichen Herrschaften. Locke und Tom gingen Helma entgegen.

Die angehende Redakteurin zählte 20 blühende Lenze, hatte gleich nach dem Abitur mit ihrer Ausbildung begonnen und in Gunter Rehm einen hervorragenden Lehrmeister gefunden. Sie war schmal und busenlos dünn, aber apart mit dunkelblondem Pferdeschwanz und spitzbübischem Gesicht. Sie trug ständig Hosen. Die weiten Pullis verdeckten den Mangel an weiblicher Rundung. Meistens paffte sie selbstgedrehte Zigaretten, hatte aber keine braunen Zähne – noch nicht, jedenfalls.

„Hallo, Hallo!"

Locke wurde rechts und links auf die Wangen gebusselt, wobei sie beinahe den Strohhut verlor.

„Papi sagte mir, daß du kommst." Sie strahlte. „Von diesem Burschen habe ich dir erzählt. Das ist Tom Conradi."

„So übel ist er ja gar nicht." Helma lachte, als sie Toms verdutztes Gesicht sah. „Nicht doch! War nur ein Scherz! Locke erzählt nur das Beste von dir. Ihr habt also die Fässer entdeckt? Aber gehen wir mal der Reihe nach vor."

Sie zog Block und Bleistift aus ihrer Umhängetasche.

„Wie heißt die Gegend hier?"

„Das ist der Rosenweg."

„Weg? Sieht ja aus wie eine Straße."

„Früher war's nur ein Weg", sagte Tom. „Vor zwei Jahren hat man ihn ausgebaut und befestigt, damit die Barackensiedlung auch von hier aus motorisiert zu erreichen ist. Eine andere Straße führt ja von der Siedlung im nördlichen Bogen zum Vorort Westkirchen. Aber das hier ist immer noch der Rosenweg."

„Weit und breit keine Rosen."

„Sie wuchern geradezu", sagte Locke. „An den Zäunen der Gärten. Meistens sind's Heckenrosen. Von hier siehst du das nicht."

„Aha! Und jetzt ist hier Giftalarm."

Helmas Bleistift flitzte übers Papier, während Locke und Tom berichteten. Inzwischen traf auch der Pressefotograf ein, ebenfalls von Gunter geschickt. Er schoß Bilder vom Abtransport der Fässer, vom zerwühlten Kartoffelacker, von blühenden Heckenrosen und der Menschenmenge, die immer noch ausharrte. Selbstverständlich wurden auch die Stadtväter abgelichtet und Helma notierte markige Aussprüche der anwesenden Prominenz *(bedeutende Persönlichkeiten).*

Ein Dutzend Amtspersonen äußerte sich. Jeder verurteilte diese gewissenlose Umweltvergiftung aufs schärfste. Und alle forderten – im Namen ihrer politischen Parteien – Maßnahmen, die eine Wiederholung dieser Beinahe-Katastrophe künftig unmöglich machen.

„Immer das gleiche Gewäsch", flüsterte Helma, als sie wieder bei dem Pärchen war. „Aber keiner tut was."

Sie nahm Tabakschachtel und Zigarettenpapier aus ihrer Tasche. Flinke Finger drehten einen Glimmstengel, der sich freilich krümmte wie ein getretener Wurm.

Durch blauen Dunst musterte Helma die Umgebung.

„Ihr habt doch bestimmt eine Vermutung. Wer war's?"

Locke hob die Achseln. „Die Fässer stammen aus dem

Zweiten Weltkrieg, sind also jahrzehntealt. Hier wurden sie vermutlich erst heute nacht eingegraben. Das heißt, es kann jeder gewesen sein. Nur fragt man sich, weshalb er die Fässer hier vergräbt, statt die Umwelt zu schützen und für fachgerechte Beseitigung des Giftes zu sorgen."

„Den Gedanken muß ich mir merken." Helma machte sich eine Notiz.

„Vorhin hörte ich", sagte Tom, „daß es hier bis 1944 eine Fabrik gab, die das Gift herstellte. Der Standort war irgendwo am Stadtrand, nahe von Westkirchen. Aber die Fabrik wurde damals aufgelöst und von verbliebenen Giftfässern wußte niemand. Elf blieben aber übrig. Den Beweis haben wir jetzt. Die Frage ist: Wo lagerten die Fässer bisher? Und – wie Locke schon feststellte: Weshalb wurden sie von dort hierher gebracht?"

„Das heißt außerdem", nickte Locke, „daß es sich nicht unbedingt um einen modernen Umweltverschmutzer handeln muß. Damit meine ich eine gewisse Sorte von Industriellen. In deren Fabriken fallen umweltschädliche Stoffe an – bei der Produktion; aber diese Stoffe werden nicht nach Vorschrift beseitigt, sondern klammheimlich in die Umwelt geleitet – weil das erhebliche Kosten erspart. Diese Fälle, Helma, kennst du ja."

„Und ob!" Sie ließ die halbgerauchte Zigarette fallen und scharrte mit flacher Sportschuhsohle drauf rum. „Eure Gedanken sind schlüssig. Tatsächlich, es ist rätselhaft, was sich der Täter dabei gedacht hat. Wir. . . nanu!"

Ihr Erstaunen galt dem Geschrei.

Auch Locke und Tom reckten die Köpfe.

Ein groteskes *(wunderliches)* Bild bot sich dem Blick.

Dort, wo die Straße – genannt Rosenweg – in die Gartenkolonie führte, stieg, wie gesagt, der Boden an. Ein Halbdutzend Leute rannte die Straße herab. Sie waren in Panik, schrien, stolperten und – wurden verfolgt.

Hinter ihnen rollte ein Faß. Es war groß, war gelb und

orangefarben bemalt und die fette schwarze Schrift konnte nichts anderes heißen als – XT 44.

Das Faß holperte und polterte, wurde schneller, sprang scheppernd über Schlaglöcher und Frostaufbrüche und – holte die Fliehenden ein.

„Mein Gott!" Locke preßte eine Hand an den Mund.

„Herr Kunert!" rief Helma. „Ein Foto! Schnell."

Kunert war der Pressefotograf. Er sprang bereits los wie vom wilden Affen gebissen und hielt die Kamera hoch.

Jetzt holte das Faß die Fliehenden ein, rollte einer jungen Frau gegen die Beine und warf sie fast um. Aber nur fast.

Die Frau konnte zur Seite weichen, schrie jedoch, als hätte die Pest sie befallen.

Das Faß hatte nun Schlagseite, trudelte seitlich, streifte ein Bäumchen, prallte gegen einen Pfosten und blieb liegen.

„Das Ding ist leer", sagte Tom.

Locke blickte den Rosenweg hinauf.

In der Kurve standen drei Jungs. Lausbuben – und keiner war älter als zehn. Sie feixten und hüpften umher. Was der eine über dem Kopf schwang, war zweifellos ein Pinsel. Aber jetzt spürten sie, daß ihr Benehmen auffällig war. Sie verschwanden wie der Blitz.

„So eine Frechheit!" sagte Locke. „Das ist kein XT-44-Faß, sondern eine alte Regentonne."

„Diese Hundskrüppel", Tom grinste, „haben sie bemalt und beschriftet. Die Farbe ist ja noch feucht. Seht mal, wie der Dreck daran klebt. Aber so eine Attrappe *(täuschende Nachbildung)* genügt, um Panik auszulösen."

Kunert hatte Bilder geschossen und das Faß aus der Nähe gesehen. Er kam zu Helma. Enttäuschung breitete sich über sein Windhundgesicht.

„Das ist nur 'ne Regentonne."

Helma sagte, das hätten sie schon gemerkt.

„Mehr tut sich hier nicht", Locke sah Tom an. „Ich glaube, wir können abzittern."

7. Ein Berg öffnet sich

Die Menge zerstreute sich. Der Wagen mit den Fässern war abgefahren. Die Autos der Amtspersonen folgten. Zwei Männer, die den Rummel schweigend beobachtet hatten, entfernten sich gemächlich: Dieter Kappold und Ferdinand Lehmann.

Dieter Kappold war ein grobschlächtiger Kerl in mittleren Jahren, hatte Warzen im Gesicht und einen unsteten Blick.

„Ich bin im Nachhinein froh", sagte er, „daß wir so vorsichtig waren. Hast du das von dem Jungen gehört? Ohne unsere Spezialhandschuhe wären wir jetzt genauso verätzt."

„Nur ein Faß war undicht", erwiderte Ferdinand Lehmann. Er hatte die Ohren aufgesperrt und alles erfahren, was man hier erfahren konnte. „Nur eins. Weiß nicht, wer von uns beiden das angefaßt hat. Jetzt ist es jedenfalls verschwunden. Das hat der, dem die beiden Fässer so gefielen. Wer – zum Teufel! – das wohl ist?"

„Das juckt mich nicht. Für uns ist die Sache vorbei."

Lehmann nickte. Er hatte Kappolds Statur, aber ein glattes, bleiches Gesicht mit wasserhellen Augen. Eine frische Platzwunde spaltete den linken Mundwinkel. Woher er die hatte, darüber schwieg er sich aus.

Aber Kappold kannte seinen Kumpel. Lehmann war gewalttätig und grausam. Einer wie der kannte kein Mitleid – weder mit Mensch noch Tier. Doch jetzt war er wohl an den Falschen geraten und hatte selbst was eingesteckt.

„Schöner Tag so ein freier Tag", meinte er. „Ich fahre ins Klippental. Vielleicht zappelt ein Braten in der Schlinge. Kommst du mit?"

Kappold sagte, er hätte nichts Besseres vor.

Lehmanns Wagen parkte am Ende des Rosenwegs. Sie stiegen ein und fuhren durch die Stadt. Jetzt, um die Mittagszeit, flaute der Verkehr etwas ab.

Beide arbeiteten seit Jahren für die Fannke-Chemie. Reinold Fannke war ihr Chef. Er bezahlte sie gut. Ja, er wußte, was er an ihnen hatte. Sie erledigten Heikles. Und wenn sie Überstunden machten wie letzte Nacht, war der nächste Tag selbstverständlich frei.

„Ich sage immer, es geht nur mit gegenseitigem Vertrauen." Lehmann wich einem Laster aus.

„Stimmt. Fannke weiß das. Wir wissen es. Mann, wenn ich mir das vorstelle! Wir laufen rum in Kuli-Klamotten, aber er löhnt uns besser als seine Angeber aus der Chefetage."

„Die sind auch nicht so nützlich wie wir." Lehmann grinste.

Sie fuhren aus der Stadt hinaus. Eine einsame Straße führte durch Wald, dann zu den Bergen. Dort, in einem Naturschutzgebiet, lag das Klippental: ein tiefer Einschnitt zwischen zwei Bergen, dem Ahornberg und der Hohen Klippe. Das Tal war bewaldet und düster, der Grund modrig. Rechts und links der geschlängelten Straße verwuchs und verwilderte der Wald zum Urwald und stieß im Hintergrund an felsige Wände, die schroffen Flanken der Berge.

Das war Lehmanns bevorzugtes Gebiet. Er wilderte. Aber nicht mit dem Gewehr, sondern mit der Drahtschlinge, in der Hase oder Reh erst nach stundenlangem Todeskampf ersticken.

Es ist die grausamste und verwerflichste Weise, dem Wild nachzustellen. Lehmann war darin Spezialist.

Schweigend fuhren sie das letzte Stück Weges. Der Himmel hatte sich verdunkelt. Schwarze Wolken schoben sich über die Berge. Aber in der Luft war kein Hauch. Sie stand wie brackiges Wasser in einem Tümpel, legte sich als feuchter Film auf die Haut und machte die Schwüle im Wagen unerträglich. Kein Blatt rührte sich.

„Komisches Wetter!" meinte Kappold. „Da kippen die Schwächlichen um."

„Wie gut, daß wir zu den andern gehören." Lehmann verzog das Gesicht.

Vor ihnen öffnete sich das Tal wie ein schwarzer Schlund.

„Hier hast du Schlingen gelegt?"

Lehmann nickte.

„Und wenn sie dich erwischen?"

„Mich erwischt keiner."

„Habe neulich gelesen, die Hälfte aller Wilderer wird erwischt – und schwer bestraft."

„Ich gehöre zu der anderen Hälfte. Obschon. . . " Er zögerte.

„Ja?"

„Hier schwirrt jetzt ein neuer Revierjäger rum, ein gewisser Brettschneider. Soll ein ganz scharfer Hund sein. Sind uns schon zweimal begegnet, ganz zufällig. Ich glaube, er sieht mich nicht gern."

„Sei bloß vorsichtig! Nicht, daß du dich durch so eine Albernheit in Teufelsküche bringst."

Die Straße war schmal. Doch über ihr berührten sich die Zweige der Bäume, die sie säumten. Man fuhr wie in einem Schlauch.

Das Licht war düster. Lehmann hielt neben der Fahrbahn auf einer Ausbuchtung. Der Wagen rollte bis dicht an eine Schichtholzbank. Sie stiegen aus.

Es war still. Sogar die Vögel schwiegen.

„Komisches Wetter!" meinte Kappold zum zweiten Mal. „Ist wie die Ruhe vor dem Sturm. Ob's ein Unwetter gibt?"

Lehmann zuckte die Achseln. Er spähte in den schmalen Pfad, der wie ein Wildwechsel durch das Unterholz führte. Er kannte den Pfad, hatte auch hier Schlingen gelegt.

„Komm!" forderte er Kappold auf.

Der schwitzte. Dicke Tropfen perlten auf seinem Gesicht. Auch die sahen wie Warzen aus.

Lehmann betrat den Pfad, ging voran, horchte und war auf der Hut. Der Pfad stieg an. Der Boden war glitschig. Sie näherten sich der Felswand, die fast senkrecht aufragte. Oben, etwa 80 Meter über dem Talgrund, wuchsen Kiefern;

und der Berg türmte sich stufenweise auf wie ein gemütlicher Kegel.

Lehmann blieb so plötzlich stehen, daß Kappold gegen ihn stieß.

„Was ist. . . Ach so!"

Jetzt sah auch Kappold den Jäger, einen jungen Mann mit gebräuntem Gesicht und hellen Augen. Das Gewehr hing ihm über der Schulter. In der Hand hielt er ein Rehkitz, ein weibliches Rehkind. Es war tot. Er hielt es an den Hinterläufen. Der Kopf mit dem rosigen Lecker *(Maul)* baumelte herab. Um den Träger *(Hals)* zog sich eine häßliche Wunde. Die Lichter *(Augen)* waren starr und noch im Tod voller Leid. Das Rehkitz war in einer Schlinge verendet.

„Tag!" sagte Lehmann. Er bemühte sich um einen neugierigen Ausdruck und starrte das Kitz an.

„Was machen Sie hier?" fragte Brettschneider.

„Wir vertreten uns die Füße."

„Nicht das richtige Gelände dafür, wie?"

„Doch! Wir sind gern im Wald."

Brettschneiders Augen verengten sich. „Ihnen bin ich schon begegnet."

„Da ist möglich. Ich bin Naturfreund und gehe häufig spazieren. Und zwar dort, wo es einsam ist. Nicht dort, wo Menschenmassen sich rumtreiben. Wohin führt der Pfad?"

„Zur Straße, aber erst nach zwei Kilometern. Solange verläuft er parallel dazu und immer dicht an der Bergflanke."

„Das ist die richtige Strecke für uns. Was ist denn mit dem jungen Hirsch?" Er stellte sich dumm.

„Das Kitz wurde gewildert. Ein Fallensteller legt Schlingen aus. Aber nicht mehr lange. Den erwische ich."

Seine hellen Augen musterten Lehmanns Gesicht, als müsse er sich jede Einzelheit einprägen.

In diesem Moment geschah es.

Der Boden schien zu schwanken. Zweige rauschten. Krachend löste sich ein Baum von der Kante der Felswand. Er stürzte herab. Steine polterten aus großer Höhe auf den Talboden. Die Felswand ächzte. Knirschend schien das Gestein zu zerspringen. Ein Riß zog sich über eine Felsplatte. Geröll rieselte heraus.

Schreckensbleich sah Lehmann seinen Komplicen an. Kappolds Mund stand offen.

„Was. . . was war das?“ stammelte er.

Brettschneider war gegen den Stamm einer Fichte getaumelt, hatte aber Halt gefunden mit ausgestrecktem Arm.

„Das. . . nicht zu glauben! – war. . . ja, das war ein Erdstoß. Ein Beben. Ein Erdbeben bei uns!“

„Ich würde es nicht glauben“, murmelte Lehmann, „wenn mir das einer erzählt. Aber – zum Henker! – mit eigenen Augen habe ich's gesehen. Ich dachte, in Mitteleuropa gibt es sowas nicht.“

„Doch, doch!“ Brettschneider hatte seinen Argwohn vergessen. „Aber nur selten. Und nicht so stark. Das war ja gewaltig.“

„Ob sich das wiederholt?“ Kappold war besorgt.

Eben noch hatte Feindseligkeit in der Luft gelegen – zwischen Brettschneider einerseits und den beiden Typen andererseits. Das Naturereignis wischte das weg. Eine Gefahr drohte. Das verbindet die Betroffenen.

„Ich glaube nicht“, meinte Brettschneider. „Und was sollte uns hier passieren. Wenn ein Baum fällt, können wir ausweichen. Es sei denn, die Erde tut sich auf.“

Alle blickten zu Boden. Aber dort hatte sich nichts verändert.

„Seien Sie vorsichtig, wenn Sie weitergehen“, mahnte der Jäger. „Von oben kann was runterkommen. Steinschlaggefahr! Gehen Sie nicht zu dicht an die Felswand. Besser wäre, Sie kehren um.“

Kappold war bereit. Aber Lehmann meinte, von so einem Erdstoß ließe er sich doch nicht vertreiben.

Sie standen, horchten, warteten ab, musterten den undurchdringlichen Wald und die bleigraue Felswand – und allmählich kehrte die feindselige Spannung zurück.

Brettschneider entsann sich des Schlingenlegers und beobachtete Lehmann. Seltsam, daß dieser blaßäugige Typ hier auftauchte. Freilich, so unsympathisch der war, das allein berechtigte nicht, ihn zu verdächtigen.

Die Stille von vorhin war vorbei. Das ‚komische Wetter' – wie Kappold es bezeichnet hatte – wurde abgelöst vom Sommerwind, der die Halme kämmte und kühl durch den Wald strich, vom Zwitschern der Vögel und von normalem Tageslicht.

Brettschneider nickte den beiden zu und entfernte sich in Richtung Straße, wobei er so dicht an ihnen vorbei mußte, daß Kappold das Kitz aus der Nähe sah. Es ekelte ihn. Er mochte Totes nicht.

„Wir gehen noch ein Stück", sagte Lehmann laut.

Sie stapften weiter.

Außer Hörweite fragte Kappold: „Wohin denn, um Himmels willen?"

„Pst. Ich habe drei Schlingen gelegt. Aber der Dummkopf, da wette ich, hat nur eine entdeckt."

Sie näherten sich der Felswand.

Lehmann verharrte, blickte den Pfad zurück, wartete einen Moment und kroch dann nach rechts unter Büsche.

Kappold hörte, wie er raschelte. Einen Moment später kam er auf allen Vieren zurück, behende und flink.

„Nichts. Leider."

„Ist die Schlinge noch da?"

„Klar. Eine hübsche Drahtschlinge über einem Wildwechsel. Wenn ein Vieh mit dem Kopf reingerät, zieht sie sich zu – und aus ist es."

„Vielleicht hat Brettschneider die Schlinge entdeckt."

„Niemals. Dann wäre sie nämlich nicht mehr am Platz. Oder glaubst du, der wartet ab, daß sich ein Stück Wild darin fängt?"

Sie liefen weiter. Der Pfad zog sich jetzt in immer gleichem Abstand zur Felswand hin. Ein Saum dichter Büsche trennte ihn vom Fels – nicht breiter als zehn Meter.

Lehmann blieb stehen.

„Dort habe ich die andere Schlinge", meinte er leise.

Diesmal kroch er nicht, sondern drängte sich durch die Zweige – vorsichtig, um keinen zu knicken.

Kappold blieb auf dem Pfad.

Sekunden verstrichen.

„Kappold!" Lehmann rief leise. „Komm doch mal her!"

„Was? Weshalb? Sind Spinnen in den Büschen?"

„Nein. Und wenn – die fressen dich nicht. Mann, komm her! Das ist sensationell."

Kappold arbeitete sich durch die Büsche, dort, wo sein Kumpel verschwunden war. Es ging besser, als er dachte. Dann versperrte die Felswand das Weiterkommen. Steil ragte sie auf, fast senkrecht. Die Büsche berührten sie nicht, sondern hielten zwei, drei Schritt Abstand, weil der Boden steinig war. Nur spärliche Grashalme wuchsen dort. Außerdem verlief ein fußbreiter Trampelpfad entlang der Felswand – wohl der Wildwechsel, denn an einem querstehenden Ast hing die leere Schlinge.

Aber dafür hatte Lehmann keinen Blick.

„Da! Sieh dir das an!" Er wischte sich über den Mund. „Der Berg hat sich geöffnet."

Kappold glotzte. „War das vorher nicht?"

„Nein. Das muß eben passiert sein. Durch das Erdbeben."

Der Berg hatte sich geöffnet. So war es. Eine türgroße Steinplatte hatte sich aus der Felswand gelöst – aus dem Fuß der Wand. Unten stand nur noch eine Stufe. Die Felsplatte war so dick wie ein Grabstein und nahezu rechteckig – tatsächlich vom Format einer Tür.

Sie lag auf dem Boden und gab eine Öffnung frei. Tageslicht fiel in einen schwarzen Schlund, in einen Gang mit bröckligen Wänden, von denen es tropfte.

„Sieht aus wie eine Höhle." Kappold staunte. „Und davon war vorher nichts zu sehen?"

„Nichts. Die Felswand war geschlossen, glatt und ohne Fugen. Aber nur diese Steinplatte hat die Höhle verdeckt."

„Die Natur macht Witze."

Lehmann trat vor die Öffnung. Etwa fünf, sechs Meter weit konnte er in den Tunnel hineinspähen. So weit reichte das Tageslicht. Dahinter waberte Finsternis.

Es war kein Gang, eher ein unförmiger Schlauch, der sich in den Berg hineinzog: an die zwei Meter breit und ebenso hoch. Durch nichts unterschied sich der Boden von den Seitenwänden und der Decke. Alles war kantig, schartig und unregelmäßig. Steinspitzen ragten hervor.

„Das ist unberührter als der Mond", sagte Lehmann. „Hier war noch keiner. Wir haben die Höhle entdeckt, Kappold. Und sie bleibt unser Geheimnis.

„Wenn Brettschneider herkommt,sieht er sie auch."

„Nichts wird er sehen. Denn wenn wir nachher abhauen, passen wir die Steinplatte in die Öffnung ein. Dann ist die Wand geschlossen wie vorher. Klar, das Steinchen ist schwer. Aber zu zweit schaffen wir's. Mensch, Kappold! Bin direkt froh, daß ich dich mithabe. So! Und jetzt erkunden wir, wie tief die Höhle ist."

„Und wenn der Berg einstürzt?"

Lehmann verdrehte die Augen. „Im Käse siehst du immer nur die Löcher. Aber dieses Loch hält. Hier hat die Natur gebaut, kein Architekt von Sozial- oder Luxuswohnungen und schon lange kein Bauherr mit dem goldenen Herzen des Spekulanten – was ja immer dazu führt, daß er sich dann auch den Arsch vergolden kann. Will sagen: Daß er schmierige Geschäfte macht, indem er billig und schundig baut – für teures Geld. Die Natur tut das nicht. Der kannst du vertrauen. Die baut stabil. Also rein in die Höhle!"

Er war in Fahrt. Die Begeisterung über seine Entdeckung riß ihn vorwärts.

Er stieg über die Stufe und arbeitete sich langsam voran, über einen Boden, der fast so spitzig war wie die Decke einer Tropfsteinhöhle.

Kappold folgte ihm und fühlte sich, als spaziere er über ein vermintes Feld.

Die Luft roch dumpf, schmeckte auf der Zunge wie Erde mit einer Prise Schwefel. Es war kühl. Der Berg schien die Luft auszuhauchen durch diesen Schlund.

Nach fünf Metern knipste Lehmann sein Feuerzeug an.

„Vielleicht kommt uns gleich ein vorzeitliches Monster entgegen", unkte Kappold.

Lehmann antwortete nicht. War das eine Höhle? Nicht eher eine steinerne Röhre von erheblichem Durchmesser, eine Ader des Berges – des – ja, der Hohen Klippe?

Die Röhre bog ab. Lehmann prüfte jeden Fußbreit Boden. Es gab keine Spur von Lebewesen, nicht mal von Fledermäusen, die sonst gern in Höhlen hängen. Aber wie hätten die eindringen sollen in diese – wie mit einem Korken – verschlossene Röhre?

Sie waren jetzt hinter der Biegung. Lehmann blickte sich um. Der Eingang war nicht mehr zu sehen. Nur noch schwach fiel Tageslicht auf die jenseitige Wand.

Er kletterte weiter, wollte über eine hüfthohe Steinbarriere steigen, streckte den Fuß – und prallte zurück.

Sein Fuß fand keinen Boden.

Eilig zog er ihn zurück. Er hielt das Feuerzeug höher und verharrte stocksteif. Ihn schauderte.

Die Röhre endete hier. Die Wände wichen zur Seite. Die Decke hob sich zur Höhe, als höhle sie den Berg aus. Es war ein Raum von der Größe eines Kirchschiffes. Lehmann ahnte die Ausmaße mehr als daß er sie wahrnahm, denn die kleine Lichtquelle reichte nicht weit.

Hinter ihm stieß Kappold einen Laut aus, als werde er gewürgt.

Lehmann blickte nach unten: ins Nichts.

Es gab keinen Boden. Hinter der Steinbarriere, über die er beinahe gestiegen wäre, ging es senkrecht hinunter. Ein schwarzer Kessel war das, ein rundes Loch in der Welt – groß genug, um ein Haus zu verschlucken. Wie tief?

Er beugte sich vor, streckte den Arm aus und starrte in die Schwärze, die ihn anzog wie mit Magneten.

Kappold, jetzt neben ihm, beugte sich nicht so weit vor.

„Ist ja schauerlich, Lehmann."

„Also doch eine Höhle."

„Der Berg ist hohl."

„Zum Teil jedenfalls."

Ihre Stimmen hallten von den Wänden.

Lehmann brach von einer Steinspitze ein morsches Stück ab und warf es in den Schlund.

Sekunden vergingen. Dann hörten sie den Aufschlag – weit, weit unten.

„Mindestens 50 Meter", flüsterte Kappold.

„Vielleicht setzt sich die Höhle unten fort. Vielleicht ist der ganze Berg von leeren Kanälen durchzogen wie ein wurmstichiger Apfel."

„Von mir aus. Ich steige bestimmt nicht runter, um das zu erkunden."

Lehmann brach ein weiteres Stück Stein ab. Diesmal warf er es weiter hinaus.

In der Tiefe platschte es. Der Stein war in Wasser gefallen.

„Du würdest nicht verdursten – dort unten." Lehmann lachte.

„Ich kriege Platzangst. Mir ist das zu eng. Raus hier!"

Kappold machte kehrt und hatte es so eilig, daß er sich an einer schartigen Kante das Knie stieß. Er fluchte und wartete auf Lehmann, der noch immer das Feuerzeug hielt.

Als sie durch den Eingang ins Freie stiegen, atmete Kappold auf.

Lehmann lauschte. War jemand auf dem Pfad? Er hörte nichts Verdächtiges.

„Faß an, Kappold! Wir schließen den Einstieg."

„Wozu? Ist doch nur eine Schinderei. Mich stört das gar nicht, wenn auch andere diese unterirdische Höhle sehen. Du willst ein Geheimnis daraus machen. Was nützt uns das?"

„Denk doch nach!" zischte Lehmann. „Diese Höhle ist Gold wert. Gerade für uns! Gerade in der jetzigen Situation. Ein Wink des Himmels, daß wir darauf stoßen. Fannke wird uns umarmen. Begreifst du?"

Kappold glotzte. „Du meinst... Hier... In der Höhle... könnte man Fässer verstecken?"

„Verstecken? Versenken! Auf Nimmerwiedersehen! Die Schlucht im Innern nimmt jede Menge auf. Bei dem Durchmesser! Bei der Tiefe! Das, Kappold, wird die größte und geheimste Deponie für giftige Industrieabfälle, die es jemals gegeben hat. Mann! Daß wir die entdecken! Ausgerechnet wir!"

Kappold rieb sich das Kinn. „Zum Teufel! Das ist 'ne Idee!"

Sie richteten die Felsplatte auf. Sie wog Zentner. Aber die beiden waren stark und schafften es. Indem sie die natürliche Pforte mal rechts und mal links kanteten, überwanden sie die knöchelhohe Steinstufe. Sie mühten sich ab. Fugenlos paßten sie die Platte in die Öffnung ein. Um ein Haar hätte Kappold sich dabei die Finger eingeklemmt – das heißt, sie wären ihm zerquetscht worden zwischen Felswand und Platte. Aber er zog sie weg, die Finger, im letzten Bruchteil der Sekunde und büßte nur Hautfetzen ein.

Er fluchte und lutschte an den Wunden.

Lehmann beachtete ihn nicht.

„Sieht man was? Nein! Die Wand ist glatt wie zuvor. Spuren im Boden? Nein! Der Kies nimmt nichts auf. Das wär's, Kappold."

Bevor sie zum Wagen zurückliefen, beseitigte Lehmann die Schlingen. Die waren nicht mehr wichtig. Im Gegenteil! Jetzt mußte vermieden werden, daß Brettschneider sich bei der Felswand herumtrieb. Künftig würde es hier keine Fallen mehr geben.

Aber woanders! dachte Lehmann. Damit ich den Nimrod *(Jäger)* vom Klippental weglocke. Woanders soll er dem Fallensteller auflauern. Hier ist er unerwünscht.

8. Mike ist vielen treu

Locke vergaß nicht, was sie Nicki als Belohnung versprochen hatte. Unterwegs hielt sie vor einer Metzgerei. Während Tom ihren Roller bewachte, kaufte sie einen Kalbsknochen, der eine fünfköpfige Familie gesättigt hätte.

Sie rollerten zu den Conradis, hielten sich aber nur kurze Zeit auf. Als sie weiterfuhren, zermalmte Nicki den Leckerbissen mit sichtlichem Behagen.

Tom begleitete seine hübsche Freundin nach Hause. Sie wohnte in einem lauschigen Viertel, das von Künstlern bevorzugt wurde. Das kleine Haus stand in einer Seitenstraße und verfügte – hinten hinaus – über einen sehenswerten Garten, wo immerhin fünf Obstbäume gediehen.

Die Garage war offen. Mikes Motorrad stand auf seinem Platz. Das hieß, Lockes – älterer – Bruder war zu Hause.

Die beiden stellten ihre Roller in die Einfahrt und betraten das Haus, wo hinter der Tür die Schiefertafel hing, auf der die drei Rehms – Locke, Gunter und Mike – sich mitteilten, was es mitzuteilen gab. Zum Beispiel, wann, wo, wer anzutreffen sei, beziehungsweise heim käme. Diese Methode hatte sich bewährt – bei den so betriebsamen Rehms.

KOMME MITTAGS – G. stand jetzt auf der Tafel.

„Mein Papi kommt", sagte Locke mit einem Hauch Zärtlichkeit in der Stimme, fügte aber gleich hinzu: „Hoffentlich denkt er nicht, daß ich deshalb Mittagessen koche."

„Du – und kochen?" sagte Tom. „Wer dich kennt, käme nie auf die Idee."

„Na und? Es gibt eben Hausmütterchen und solche, die sich nichts daraus machen."

„Ich sag ja gar nichts."

„Aber dein Ton. Du denkst wohl auch, was Röcke trägt, soll gefälligst waschen, kochen, nähen."

„Um Himmels willen, Locke!" Entsetzt hob er die Hände. „Du bist. . . eh. . . wundervoll, so wie du bist."

Sie musterte ihn argwöhnisch, während sie den Helm abnahm und – ganz in Gedanken – den Hut aufsetzte. Spottete er? Nein!

Das *wundervoll* war ernst gemeint und stimmte sie milde.

„Ich glaube, Mike ist auf der Terrasse. Nimm ihm 'ne Cola mit. Er humpelt wieder. Irgendwer hat ihn geholzt."

Das spielte zart auf Mikes Hobby an, seine Leidenschaft für Fußball. Er war Libero seines Vereins, des FC Eintracht, spielte viel und setzte sich ein, ohne Rücksicht auf die eigenen Knochen. Prellungen, Zerrungen und blaue Flecke begleiteten ihn durch den Alltag. Aber das tat seinem Charme keinen Abbruch, denn der gutaussehende Sonnyboy war ein Liebling der Mädchen. Ganz nebenbei bereitete er sich aufs Abitur vor.

Folgsam nahm Tom zwei Flaschen Cola aus dem Eisschrank, um sich zu Mike zu gesellen.

„Wenn Papi kommt", sagte Locke noch, „können wir ja alle ins *Drei Mohren* gehen. Habe zwar keinen Hunger, aber Gesellschaft leiste ich euch."

Während Tom zur Terrasse ging, versorgte Locke ihre weiße Maus, die Helena hieß, aber Mausi genannt wurde.

Sie lebte in einem großen, mit allen Schikanen *(Besonderheiten)* ausgestatteten Käfig, der in Lockes Zimmer stand – einer museumartigen Jungmädchenbude, adrett (*nett, sauber*), aber vollgestopft mit Büchern, selbst entworfenen, weit schwingenden Röcken und den Beweisen ihrer Sammelleidenschaft, die aber nur an Regentagen gefährliche Auswüchse annahm. Zur Zeit sammelte sie Anstecker, papierverpackte Zuckerstückchen und seltene Münzen.

Sie versorgte Mausi, ging ins Bad, um zu duschen, was ja heute morgen unterblieben, weil im Schrebergarten nicht möglich war, putzte die Zähne und zog einen rotblauen Zigeunerrock an sowie eine weiße Bluse ohne Ärmel.

Mit einem Glas Milch, ihrem Lieblingsgetränk, ging sie zu den Jungs.

Mike trug nur Shorts und hatte den Oberkörper eingeölt. Der linke Unterschenkel war bandagiert.

„Hallo, Prinzessin!“ begrüßte er seine Schwester. „Wie ich von Tom erfahre, war ja inzwischen was los. Donnerwetter! Und ihr wieder mitten drin. Wie könnte es anders sein.“

„Bist ja nur neidisch“, lachte sie, „weil unsereins auf Giftfässer stößt, während du an einen Fußball stößt. Was machst du denn?“

Sie deutete auf den Tisch, wo Briefpapier lag.

„Ich schreibe Briefe.“

„An wen?“

„Nun, da ich nächste Woche zu einer Rucksacktour durch Frankreich und umliegende Ortschaften aufbreche, muß ich mich von einigen jungen Damen verabschieden – bis zum Ende der Ferien. Diesmal mache ich das schriftlich.“

„Er verfaßt einen Rundbrief“, sagte Locke zu Tom. „Gerichtet an die beiden Abiturklassen der hiesigen Mädchenoberschule, an die süßen Bienen aus der eigenen Klasse, an die weiblichen Stammgäste aus der Shocker-Disko und an den Nachwuchs der Damen-Bowling-Mannschaft *(Bowling = amerikanisches Kegeln)*. Habe ich recht?“

Mike seufzte. „Wie sie mich darstellt! Als wäre ich der schlimmste Verführer.“ Er blinzelte Tom zu. „Ihr ist es ein Dorn im Auge, daß ich nicht ständig mit demselben Mädchen ausgehe. Dabei bin ich treu. Doch nicht nur einer. Ich bin fünfen, sechsen gleichzeitig treu!“

Tom lachte. Er und Mike verstanden sich glänzend, Bruder und Schwester übrigens auch, obwohl gutmütige Hänselei zur Tagesordnung gehörte.

Lauschend reckte Locke den Kopf.

Auch die Jungs hörten, wie der Saab vor dem Haus hielt. Gunter kam, und Locke eilte ihm entgegen. Schließlich hatte sie ihren Papi seit gestern abend nicht gesehen.

Er wurde auf die muskulöse Wange geküßt und strahlte auf wie die Mittagssonne, obwohl mit der im Moment nicht viel los war, denn der Himmel hatte sich – von Westen her – verdunkelt; Windstille breitete eine Schwüle über Stadt und Land, daß sogar die Kaltschnäuzigsten warme Lippen hatten und sich viele Kalt- in Schweißfüße verwandelten. Locke freilich war taufrisch wie eine knospige Rose.

Gunter Rehm, der Journalist, war hochgewachsen, hager und von Beruf neugierig.

„Helma hat mir alles erzählt", sagte er. „Eure Informationen sind wertvoll. Dieser Giftalarm zieht Kreise. Die ganze Stadt spricht davon. Da kommt noch was nach."

Er setzte sich auf einen der Gartenstühle. „Und wie steht's hier?"

„Papi", sagte Locke, „die beiden nerven mich schrecklich. Ich soll Mittagessen kochen."

Sprachlos sahen Tom und Mike sich an.

„Kein Wort wahr", sagte Tom. „Diese Schlange! Nicht im Traum, Gunter, haben wir an sowas gedacht. Nie hätten wir den Wunsch geäußert."

„Aber die Blicke, Papi, hättest du sehen sollen", stichelte Locke. „Der reinste Terror war das."

Mike grinste. „Deine Tochter ist ein Luder, Vater. Laß dich nicht um den Finger wickeln."

„Doch", lächelte Gunter, „bei so einer Tochter bleibt mir nichts anderes übrig. Ich schlage vor: Ehe wir uns von ihr hartgekochte Eier vorsetzen lassen, gehen wir lieber ins *Drei Mohren*. Okay?"

Die Antwort wäre dreistimmig ausgefallen, aber in diesem Moment erfolgte der Erdstoß.

Das Zentrum des Erdbebens lag rund ums Klippental und die flankierenden Berge. Hier in der Stadt bebte die Erde nur wenig. Doch es war spürbar – und reichte aus, um Tom, der mit seinem Stuhl auf den Hinterbeinen kippelte, aus dem Gleichgewicht zu werfen. Er plumpste rücklings, krümmte sich aber – geistesgegenwärtig – und vermied eine Kopfnuß mit dem Terrassenboden.

Der Tisch – ein Gartentisch – hopste wie von Geisterhand gestoßen. Mikes Cola fiel um, Toms Flasche schwankte, pendelte sich aber auf Standfestigkeit ein.

„Was war denn das?" Locke machte große Augen.

Tom sprang auf die Füße.

Mike wich der Cola aus, die vom Tischrand tropfte.

„Das war ein Erdstoß", Gunter blickte zum Haus, als erwarte er, daß Mauern einstürzen oder mindestens Risse zeigen.

„Huch!" Locke musterte den Rasen. „Täusche ich mich, oder stehen jetzt die Halme schief? Und die Bäume wackeln. Mir war ganz dreherig zumute."

„Es war wirklich ein Erdbeben." Gunter stand auf. „Das hat Seltenheitswert. Hier jedenfalls. Wenn es überall so sanft verlief, ist wohl kein Schaden entstanden. Aber wir müssen uns darum kümmern."

Damit meinte er seine Mitarbeiter in der Lokalredaktion, weshalb er auch gleich telefonierte und Anweisungen gab. Dennoch – auf die Mittagsrast brauchte er nicht zu verzichten.

Mike entölte sich und zog weiße Jeans an sowie ein taubengraues Hemd. Dann lud Gunter die Junioren in seinen Saab und fuhr zu den *Drei Mohren*, dem Stammlokal der Rehms.

Gunter hatte hier einen Mittagstisch abonniert *(dauerhaft bestellen)*, nicht für sich, sondern für seine Kinder, damit sie – so sie wollten – was Handfestes essen konnten, wovon die beiden freilich nur selten Gebrauch machten, waren sie doch meistens in Wichtigeres eingespannt.

Die *Drei Mohren* waren bekannt für gute Küche und den originellen *(unverwechselbaren)* Oberkellner Jennings, der dem Quartett *(Vierergruppe)* jetzt einen ruhigen Tisch im Nebenraum zuwies.

Jennings war nicht mehr der Jüngste. Er verehrte Locke. Am liebsten hätte er ihr auf goldenen Tellern serviert. Auch jetzt drechselte er Komplimente – und trug ihren Hut eigenhändig zur Garderobe, denn beim Speisen hätte das Wagenrad aus Stroh merklich gestört.

Locke bestellte nur Salat. Die Herren entschieden sich für Fleischiges vom Grill.

Jennings notierte die Bestellung. Kaum hatte er sich entfernt, hüpfte Locke vom Stuhl hoch.

„Tom! Der Laster!"

„Himmel! Warum erschrickst du uns?"

Mike tat verstört und hielt sich das Herz.

Gunter sah sein Töchterchen an und schob fragend die Brauen hoch.

„Jaaaaah!" dehnte Tom und riß die Augen auf. „Der Laster! Warum fällt er uns erst jetzt ein?"

„Uns?" Locke brachte Po und Sitzmöbel wieder in Kontakt zueinander. „Mir ist er eingefallen."

„Aber ich wußte sofort, was du meinst."

„Hast ihn also auch gesehen?"

„Klar. Und gehört. Das heißt, er fuhr leise. Verdächtig leise. Denn daß unser Schlaf ihm heilig war, nehme ich nicht an."

„Das war bis jetzt sehr interessant", sagte Gunter. „Aber würdet ihr den Schleier des Geheimnisses von eurem Zwiegespräch lüften? Damit auch so Unbedarfte wie Mike und ich was verstehen."

Locke lächelte. „Mitten in der Nacht fuhr ein Lastwagen durch den Rosenweg in Richtung Kartoffelacker. Ein fetter, metallischer Brummi. Tom sagt ganz richtig, er fuhr verdächtig leise. Später kam er zurück – etwa nach einer Stunde, meine ich. Oder genau so viel Zeit, wie man braucht, um elf Fässer einzubuddeln."

Tom nickte heftig.

„Könnt ihr den Wagen beschreiben?" fragte Gunter.

„Vielleicht würde ich ihn wiedererkennen", meinte Tom. „Beschreiben? Nee!"

Locke sah ihren Vater an und hob die Achseln. „Du weißt ja, wieweit mein technisches Verständnis reicht. Ich kann einen Lastwagen von einer Eisenbahn unterscheiden – und einen Schnellzug von einem Flugzeug."

„Für ein Mädchen", sagte Mike, „ist das beachtlich. Au!" Er verzog das Gesicht. „Wenn du mich unterm Tisch trittst – dann, bitte, gegen das unverletzte Schienbein."

Jennings brachte die Grillteller und Lockes Salat. Dazu drei frisch gezapfte Biere und ein Glas Milch. Die war nicht immer vorrätig. Aber manchmal ahne er, behauptete der Kellner, Locke werde kommen und sorge dann für Kuhsaft.

Man wünschte Guten Appetit. Sie aßen. Locke biß ein Radieschen durch.

„Ich konnte noch einiges erfahren", sagte Gunter. „Zum Beispiel darüber, wann die Fässer vergraben wurden. Die Polizei glaubt, das sei erst letzte Nacht geschehen."

„Damit kommt unser Laster noch besser ins Spiel", sagte Locke durch ein Salatblatt.

Gunter nickte. „Aber nur, wenn er gefunden wird, hilft er uns weiter."

Jennings kam und erkundigte sich, ob es ‚munde'.

„Vorhin beim Erdbeben", erzählte er, „wären uns die Steaks beinahe aus der Pfanne gehüpft. Aber das Haus steht noch. Und das Geschirr ist heil geblieben."

Gunter meinte, Schaden wäre wohl nirgendwo entstanden. Dann widmete Jennings sich den anderen Gästen und jeder der Tischrunde seinem Teller.

„Was das XT 44 betrifft", sagte Gunter zwischen zwei Bissen, „da hat es hier bis Kriegsende eine Fabrik gegeben. Die war draußen in Westkirchen und wurde dann abgerissen. Wißt ihr schon, ja? Das ehemalige Fabrikgelände gehört jetzt der Fannke-Chemie, ist aber unbebaut, dient nur als Lager- und Abstellplatz. Die Polizei war gleich bei dem Firmeninhaber Reinold Fannke. Aber da weiß man nichts von XT 44-Fässern. Das Teufelszeug hat also woanders gelegen. Dort wurde es von irgendwem entdeckt und zu dem Kartoffelakker gebracht. Weshalb? frage ich mich. Ist doch sinnlos. Das Nächstliegende wäre gewesen, den Fund zu melden und die Fässer beseitigen zu lassen."

„Vielleicht hat der Betreffende gar nicht gewußt, worum es sich handelt", sagte Mike. „Und hat's dann weggekarrt wie Abfall aus dem Mülleimer."

„Hoffen wir, daß die Polizei spurt und den Umweltverschmutzer findet." Gunter säbelte ein Stück von seinem Steak ab.

Nach dem Essen chauffierte *(Auto lenken)* er die drei zurück und fuhr gleich weiter zum TAGBLATT. Mike setzte sich wieder auf die Terrasse und verfaßte Briefe voller Abschiedsschmerz.

Tom saß in Lockes Zimmer auf dem Schaffellteppich und beobachtete Mausi, die auf der Tretmühle ackerte.

„Wir müssen den Laster finden", sagte Locke.

„Hm. Es gibt viele Laster."

„Aber der sah anders aus als die andern. Mehr wie so ein Heizölwagen – ganz aus Metall."

„So sah er zwar nicht aus. Aber er hatte jedenfalls keine Plane. Willst du die Stadt nach ihm absuchen?"

„Nicht die Stadt! Aber diese Fannke-Chemie wäre ein guter Anfang."

„Die Polizei war schon dort."

„Die weiß nichts von dem Laster. Außerdem – mich interessiert das Gelände der ehemaligen Giftfabrik. Vielleicht sind die Fässer damals zur Nachbarschaft gerollt?"

„Und haben – meinst du – jahrzehntelang neben dem Kaninchenstall gelegen?"

„Das natürlich nicht. Aber vielleicht gab es dort Bombentrichter. Und die wurden dann zugeschüttet. Und weg waren die Fässer. Komm, Engelbert! Mittagsschlaf ist nichts für dich! Wir sehen uns mal um."

Bevor sie das Haus verließen, wählte Locke einen ihrer

zahlreichen Strohhüte aus, diesmal den mit weinrotem Band, was gut zu ihrem Rock paßte.

Tom saß bereits auf seinem ,Hirsch' und verwöhnte Locke mit bewundernden Blicken. Sie streckte ihm die Zunge raus.

„Keine Anzeichen einer Erkältung", meinte er.

„Ich fühle mich auch eher erwärmt. Bei dem Wetter", fügte sie hinzu.

Während sie durch die Stadt rollerten, dachte Locke an Mäxchen. Wie es ihm wohl ging? Nachher, beschloß sie, rufen wir seine Mutter an. Die weiß es bestimmt.

Westkirchen war häßlich. Man hatte Industrie angesiedelt. Die meisten Betriebe kamen ohne dreckspeiende Fabrikschlote aus, aber die Gebäude dienten nur ihrem Zweck; und an architektonische Schönheit hatte niemand gedacht, als sie errichtet wurden.

Sie fuhren durch Straßen, an denen nur Lagerhäuser standen, bis dorthin, wo die Stadt ins Umland überging. Fannke-Chemie überdeckte eine große Grundfläche – mit zig flachdachigen Gebäuden, Hallen aus Glasbausteinen, einer alten Fabrikmauer, die das ganze umgab, und einem Tor für die Spedition *(Güterversand)*.

Es gab noch ein zweites Tor, das nur von Fußgängern benutzt wurde. Wenn die Schicht begann oder Feierabend war, strömten dort sicherlich die Beschäftigten. Jetzt strömte niemand. Lediglich ein Einzelner stand am Glaskasten des Pförtners, eines älteren Mannes mit amtlicher Schirmmütze und der Aufgabe, keinen Unbefugten hereinzulassen. Die beiden redeten miteinander.

Locke machte große Augen unter ihrem Helm.

„Tom! Täusche ich mich – oder ist das dieser Schrenk?"

„Ist er!" Tom fuhr dicht neben sie. „Und er hat uns noch nicht bemerkt. Wir verdünnisieren uns hinter die Büsche."

Die Büsche gehörten zu einer Grünanlage. Sie war nicht größer als ein Tennisplatz und der klägliche Versuch, dem Industrieviertel einen Hauch Natur aufzutupfen. Der Mini-

Park verfügte über einige Quadratmeter Rasen und mindestens ein Dutzend Bänke. Vielleicht aalten sich hier die Beschäftigten während der Arbeitspause – bei schönem Wetter, verzehrten ihre Butterbrote und schimpften übers Kantinenessen und den laschen Betriebsrat.

Büsche standen dicht wie ein Wall. Das Pärchen rollerte in Deckung. Sie stellten die Motore ab, obwohl das kaum nötig war. Die Geräusche ringsum übertönten die kleinen Maschinen. Von überall her drang der Lärm der Arbeitswelt. Maschinen rumpelten, zischten, brodelten, hämmerten. Liefer- und Lastwagen fuhren ab oder kamen.

Locke bog Zweige beiseite, um Schrenk zu beobachten. Er trug keine Kopfbedeckung. Der dunkle Stoppelschnitt glänzte fettig. Offenbar trug er seinen besten Anzug, was Kariertes mit Hochwasserhosen. Dazu ein weißes Hemd und einen müden Schlips.

„Der sucht doch nicht etwa einen Job?" meinte Tom.

„Du meinst, weil er so fein ist? Ich weiß nicht. Kannst du dir vorstellen, daß der hier arbeiten will – daß der überhaupt arbeiten will?"

Sie beobachteten. Schrenk schien auf den Pförtner einzureden wie mit Engelszungen. Dazu gestikulierte er beschwörend. Schließlich zuckte der Alte die Achseln. Er schrieb was auf einen Zettel, und den gab er Schrenk.

Der Ganove dankte, indem er militärisch salutierte *(grüßte)*, was wohl spaßig sein sollte, steckte den Zettel in die Brusttasche und trollte sich an der Fabrikmauer entlang zu einem alten Motorrad, das dort lehnte. Bevor er aufstieg, sicherte er die Hosenaufschläge mit Stahlklammern. Dann zuckelte er los.

„Ihm nach!" sagte Locke. „Da ist irgendwas im Busch. Das spüre ich wie Liebeskummer im kleinen Zeh."

„Dort schlägt wohl dein Herz, wie?"

Sie streckte ihm einen Fuß hin, der nackt in einer leichten Sandale steckte.

„Kannst ja mal fühlen?"

„Gern." Tom lachte. „Aber dafür nehme ich mir Zeit."

Sie folgten Schrenk. Der fuhr langsam. Nicht weil ihn Vernunft dazu anhielt, sondern weil die Verkehrstauglichkeit seines Kraftrades zu wünschen übrig ließ. Der Auspuff war durchgerostet und lärmte höllisch. Ob die Bremsen griffen, hing sicherlich vom Zufall ab.

Sein Ziel war das Villenviertel.

Nanu? dachte Locke. Was hat der hier verloren?

Sie ließen sich zurückfallen. Hier floß wenig Verkehr. Da fiel beinahe jeder auf. Aber Schrenk bemerkte sie nicht, sondern rollte jetzt schrittlangsam durch die Zedern-Straße und zählte offenbar die Hausnummern ab.

Hinter einer hohen Hecke hob sich das Dach einer prächtigen Villa. Man sah nur das Obergeschoß, vom Garten nichts, denn die Hecke war dicht gewebt und das Tor der Einfahrt geschlossen. An der Pforte verhinderte ein Tor aus Schmiedeeisen Zutritt. Es war künstlich auf Grünspan getrimmt, also grünlich bemalt, wovon man den Knopf – der hier die Klinke ersetzte – freilich ausgenommen hatte. Der glänzte wie Gold.

Schrenk stellte sein Motorrad an den Zaun, nahm die Stahlklammern von den Hosenaufschlägen, schob die Krawatte in die Jacke, straffte sich von der Wade bis zum Genick und klingelte.

Locke und Tom waren in eine Einfahrt gerollert. Ein Schild hing dort: PARKEN UND WENDEN VERBOTEN. Aber von VERSTECKEN und BEOBACHTEN war nicht die Rede.

Sie linsten um die Ecke.

Dem Schrenk wurde aufgetan, die Grünspan-Pforte vermutlich per Summer geöffnet. Der Ganove trat ein.

„Wen er da wohl besucht?" sinnierte Locke.

„Man könnte nachsehen."

„Mach du das! Ich streichele inzwischen deinen Hirsch."

Tom trabte los, studierte den in Messing geformten

Namen am Briefkasten, der in den rechten Steinpfeiler eingelassen war, und kehrte nach weniger als einer Minute zurück.

„Du glaubst es nicht. Weißt du, wem Schrenk seine Aufwartung macht?"

„Ich ahne es."

„Nämlich?"

„Dem Besitzer des Chemie-Werks."

Tom nickte. „Richtig! In der Villa dort wohnt Reinold Fannke."

9. Ein rücksichtsloser Fabrikant

Er befand sich im Hobbyraum und beschäftigte sich mit seiner Bergsteigerausrüstung. Bergsteigen war Fannkes Leidenschaft – allerdings: sehr hoch hinaus war er noch nicht gekommen. Dazu fehlten ihm Kondition und auch Mut. Aber wer ihn erzählen hörte, schätzte ihn anders ein. Das klang immer, als hätte er sämtliche Achttausender im Alleingang bezwungen.

Jetzt polierte er an seinem Steinschlaghelm herum, überprüfte dann Klettergürtel und Biwaksack und rollte das Bergseil auf – ein 11-mm-Kunstfaserseil mit Kernmantel. Es war 4o Meter lang. Er legte den Kletterhammer beiseite und drehte an den Verschraubungen der Karabinerhaken. Der Sicherheits-Klettersitz mit Brust- und Sitzgürtel war gleich dreimal vorhanden. Leinen, Haken, Ösen und Gurte waren tadellos sauber. Fannke rollte die Reepschnüre auf.

Er dachte an Urlaub, an frische Luft, blauen Himmel und weite Touren. Am liebsten wäre er noch heute in die Berge gefahren. Aber im Moment ging das nicht. Der Betrieb brauchte ihn.

Es knackte in der Sprechanlage, die den Kellerraum mit der Diele verband.

„Reinold?" Die Stimme seiner Frau riß ihn aus angenehmen Träumen.

„Ja?"

„Da ist so ein Kerl. Will dich unbedingt sprechen. Ich wollte ihn abwimmeln. Aber der ist hartnäckig. Es sei wichtig für dich."

„Worum geht's?"

„Das sagt er nur dir, meint er."

Fannke knurrte Unverständliches, schaufelte einen Satz Rundhaken mit den Händen zusammen und sagte, er käme.

Ärgerlich stampfte er die Treppe hinauf.

Er war groß, 42 Jahre alt und als überheblich verschrien. Er hatte die Fabrik geerbt, und der Reichtum war ihm zu Kopf gestiegen. Fannke hielt sich für den Nabel der Welt, alle anderen für Dummköpfe, die man ausnutzen mußte, um selber voranzukommen. Meistens verbarg er seine Menschenverachtung hinter einer Maske herablassender Freundlichkeit, die so echt und ehrlich war wie das Wahlversprechen der Politiker.

Er trat in die Diele, die groß war – und kostbarer eingerichtet als manches Kleinstadtmuseum.

Rosy, seine Frau, hatte den aufdringlichen Kunden inzwischen eingelassen, höchstpersönlich-eigenhändig – weil die Haushälterin nicht da war. Rosy hatte sich wieder entfernt, aber der Kerl stand vor dem venezianischen Spiegel und musterte sich. Offenbar gefiel ihm der Anblick. Er grinste.

„Ja?" fragte Fannke barsch.

Schrenk drehte sich um.

„Herr Fannke?"

„Bin ich. Was wollen Sie?"

„Das ist nicht mit einem Wort zu sagen."

„Dann sagen Sie's mit zweien."

„Ich glaube, Herr Fannke, es wäre in Ihrem Interesse, wenn wir uns ungestört unterhalten."

Ein Prolet *(ungehobelter Kerl)*! Fannke hatte ihn eingeschätzt. Ein mieser Typ mit nichts in der Tasche. Trotzdem! Wie der grinste! Wie der seinem – Fannkes – Blick standhielt! Er strahlte Selbstvertrauen aus. Fast, als fühle er sich überlegen. Wie jemand, der bei einer Kartenpartie alle Trümpfe in der Hand hält.

„Na, schön! Zwei Minuten. Haben Sie auch einen Namen?"

„Keinen so bekannten wie Ihren", er grinste noch breiter, „aber dafür einen ehrlichen. Gestatten: Werner Schrenk."

„Hier lang!"

Fannke führte ihn in sein Arbeitszimmer, einen noblen Raum mit Ledermöbeln und holzgetäfelten Wänden. Der

Raum war so groß, daß er drei Türen verkraftete. Daß Fannke hier arbeitete, war noch nicht vorgekommen. Aber das Zimmer hieß nun mal so.

Schrenk durfte sich setzen. Fannke nahm hinter dem Schreibtisch Platz und eine Zigarette aus dem Kasten aus gehämmertem Silber. Dem Kerl bot er keine an.

„Nun?"

„Es ist so, Herr Fannke. Ich bin arbeitslos. Die Unterstützung reicht nicht für ein anständiges Leben. Für ein Leben in Saus und Braus, meine ich. Da dachte ich, Sie könnten mir mit einem Sümmchen unter die Arme greifen. So mit etwa – sagen wir: 20.000 Piepen."

„Ach?"

Fannke verzog keine Miene. Aber seine Gedanken jagten. Er hatte begriffen. Der Kerl spaßte nicht und war auch nicht übergeschnappt. Der forderte 20.000 – und das aus gutem Grund. Erpressung! Was wußte er? Womit wollte er Druck ausüben?

Eigentlich belämmert! dachte Fannke. Wenn man ständig wie ich ein schlechtes Gewissen hat – vielmehr: haben müßte. Schert mich ja sonst einen Dreck – es sei denn, mir will jemand ans Fell. Wie der – Prolet.

„Ja", nickte Schrenk. „20.000 Piepen. Ist nicht zuviel – fürs erste."

„Wenn Sie Hunger haben, Schrenk, schenke ich Ihnen vielleicht fünf Mark, aber bestimmt keine 20.000!"

„O doch, Fannke! Das werden Sie!"

Das saß. Noch niemand hatte Fannke mit ‚Fannke' angeredet. Meistens katzbuckelte man mit ‚Herr Direktor' vor ihm. Innerlich war er zusammengezuckt. Äußerlich blieb er kühl wie eine Scheibe Lachs auf dem Vorspeisenteller.

„Reden Sie nicht lange rum, Schrenk! Weshalb sollte ich Ihnen soviel Geld schenken? Los, die Karten auf den Tisch!"

Ist ein zäher Hund! dachte Schrenk. Klar, das sind diese Kapitalisten *(Vermögender)* alle. Aber den kriege ich weich.

Der wird noch froh sein, wenn er mich verwöhnen kann – mit großen Summen, steuerfrei und ohne Quittung.

„Ist doch ganz einfach, Fannke! Ich erpresse Sie, weil ich Sie in der Hand habe. Ich kann Sie hochgehen lassen wie bei einem geglückten Raketenstart. Mit den Fässern. Klar?"

„Womit?"

„Mit den XT 44-Fässern!"

Verwundert schüttelte Fannke den Kopf. „Meinen Sie die Fässer, die man heute morgen irgendwo am Stadtrand gefunden hat? Was habe ich damit zu tun?"

„Es sind Ihre Fässer."

Fannke glotzte ihn an. Seine Miene war dümmlich.

„Meine. . . Sagen Sie mal: Ist Ihnen nicht wohl? Sind Sie vielleicht betrunken?"

Schrenks tiefliegende Augen funkelten. Er genoß es, diesen hochnäsigen Geldsack zu demütigen.

„Ich erwarte nicht, daß Sie's zugeben, Fannke. Aber das ist gar nicht nötig. Ich habe nämlich zufällig beobachtet, wie die zwei Kerle – Kappold und Lehmann, so redeten sie sich an – wie die zwei jene elf XT 44-Fässer verbuddelten. Wie ich auf Sie komme? Die Fässer wurden mit einem Ihrer Firmenwagen transportiert. Fannke-Chemie – stand groß an den Türen. Das war zwar mit Folie überklebt. Aber ich habe mir erlaubt, unter die Folie zu sehen. Pech, was?"

Fannke lächelte. „Das haben Sie sich hübsch ausgedacht. Aber aus der Erpressung wird nichts. Erstens: Ich kenne keinen Kappold und keinen Lehmann. Zweitens: Ich weiß nichts von irgendwelchen Giftfässern. Drittens: Ich halte es für unmöglich, daß einer meiner Firmenwagen zweckentfremdet wurde – für eine solche Aktion. Wann soll denn das gewesen sein?"

„Letzte Nacht."

„Wissen Sie eigentlich, was in meiner Fabrik produziert wird? Alles mögliche, aber kein XT 44! Und bei keiner Herstellung fällt ein XT 44-ähnliches Gift an."

„Das behauptet ja niemand. Aber Ihnen gehört der Grund und Boden, auf dem während des Zweiten Weltkrieges jene Fabrik stand, der wir das Gift verdanken."

„Na und?"

„Sie haben die Fässer gefunden und auf den Kartoffelacker bringen lassen."

Fannke verdrehte die Augen, dann brach er in Gelächter aus.

„Klar, Schrenk! Ist ja logisch. Ich war's. Ich bin ein böser Umweltverschmutzer. Wer sonst? Man stelle sich vor: Auf meinem Gelände werden Giftfässer aus dem Zweiten Weltkrieg gefunden. Dafür kann ich ja nichts, und niemand wäre mir deshalb gram. Ich brauchte ja auch nur zum Telefon zu greifen, und fünf Minuten später wäre der Katastrophenschutz da und würde die Fässer bergen. Und man wäre mir dankbar, weil ich Schlimmes verhüte. Aber nein! Das mache ich natürlich nicht. Vielmehr – ich setze meine Existenz aufs Spiel. Ich riskiere Gefängnis. Ich schlüpfe in meine Rolle des schändlichen Umweltverschmutzers, lasse die Fässer bei Nacht und Nebel wegschaffen und verbuddeln. Schrenk, ich müßte ja hiiiiirnverbrannt sein. Mann, wo haben Sie Ihren Verstand!"

Das Grinsen rutschte aus Schrenks Gesicht. Die Unterlippe hing. Betroffenheit stand in den Augen.

Verdammt! Was Fannke sagte, leuchtete ein. Von der Seite hatte er die Sache noch gar nicht betrachtet. Der Geldsack wäre ja mit dem Steinbeil behämmert, wenn er die Fässer nicht meldet, sondern klammheimlich wegschafft.

„Sie. . . äh. . . haben bestimmt einen Grund."

„Klar, Schrenk! Mir fällt zwar keiner ein. Aber Sie wissen ihn sicherlich. Nun?"

„Ich. . . äh. . . muß nachdenken."

„Das müssen Sie auch. Aber nicht hier. Gehen Sie zur Polizei! Zeigen Sie mich an. Sagen Sie, Sie hätten mich ein bißchen erpreßt. Aber es hätte leider nicht geklappt, weil die

Raus!!

Voraussetzung nicht stimmte. Und jetzt raus! Aber schnell! Sonst rufe ich die Polizei."

Er griff zum Telefon.

Schrenk sprang auf.

„Schon gut! Vergessen Sie's! Das heißt, vielleicht sehen wir uns nochmal. Sie sitzen drin, Fannke! Das spüre ich. Und ich kriege noch spitz, wie das alles zusammenhängt."

„Raus!"

Fannke nahm den Hörer ab.

Schrenk ließ die Tür hinter sich offen, polterte durch die Diele, riß den Eingang auf und trat wütend gegen die Wand aus Keramikkacheln. Er schmetterte die Tür zu und hoffte, die Fenster würden klirren. Aber die Villa war wie eine Festung gebaut. Nichts klirrte. Nur der Türrahmen empörte sich, indem er leise mit den Eichenzähnen knirschte.

„Ja, um Gottes willen, was war denn los?"

Rosalinde Fannke, Rosy genannt, kam zu ihrem Allerliebsten ins Arbeitszimmer. Entsetzt sah sie ihn an.

Fannke war fahl wie eine Portion Haferbrei ohne Zucker. Seine Hände zitterten.

„Reinold!"

„Laß mich jetzt in Ruhe, verdammt! Wir sind knapp an einer Katastrophe vorbei geschlittert. Verflucht, verflucht!"

„Reinold!"

„Ich weiß, wie ich heiße!" brüllte er.

Sie erschrak. Daß Reinold die Fassung verlor, kam selten vor – eigentlich nur, wenn man ihm einen Fehler nachwies. Fehler unterliefen ihm zwar häufig. Aber meistens ließen sich Fehlentscheidungen, Irrtümer und Patzer anderen zuschieben. Das verstand er meisterlich. Und er brauchte das auch, um an dem Denkmal seiner eigenen Unfehlbarkeit zu bauen. Mancher seiner Angestellten konnte ein Lied davon singen, indem er plötzlich verantwortlich war für das, was der Chef vermurkst hatte.

„Willst du einen Cognac?" erkundigte sie sich.

Er stand auf. Sie gingen ins Terrassenzimmer, das rückseitig lag – mit Blick in den üppigen Garten, mit Blick auf Swimmingpool und gemauerten Gartengrill.

Rosy goß zwei Drinks ein, einen kleinen für sich, einen Doppelten für Reinold.

Sie war eine kalbsäugige Mittdreißigerin mit dem Hang zu Firlefanz. Sie hatte keine Kinder, viel Zeit und zuviel Geld. Sie reiste gern von einer Schönheitsfarm zur andern. Sie hielt sich für eine Expertin *(Sachverständige)* in Sachen Mode. Sie glaubte, ohne Parties nicht leben zu können.

Jetzt wartete sie ab. Ihn nur nicht reizen. Er würde schon reden, wenn er sich erstmal beruhigt hatte.

Sein Gesicht bekam wieder Farbe. Die Augen wurden schmal, die Lippen auch. Es war dieser Ausdruck von Rücksichtslosigkeit, was sie so sehr an ihm mochte. Glaubte sie doch, daß alle bedeutenden Männer so sein mußten: Industrielle, Staatsmänner, Wirtschaftskapitäne. Es gab sogar Tage, an denen sie ihren Reinold bewunderte.

„Du weißt doch“, sagte er, „daß ich damals das Gelände gekauft habe, auf dem während des Krieges die Giftfabrik stand.“

Natürlich wußte sie das. Sie nickte.

„Du läßt dort Abfall vergraben.“

Sie hatte sich nie dafür interessiert. Es betraf ja den Betrieb, und das ging nur Reinold an.

„Ja. Abfall? Hm. Nennen wir's beim Namen. Gift. Es ist nicht so gefährlich wie XT 44. Es kann nicht daran tippen. Aber es würde die Umwelt vernichten, wenn es dorthin gelangt. Deshalb bin ich verpflichtet, dieses Umweltgift zu beseitigen. Hab' dir ja erzählt, wie streng da die Vorschriften sind. Die Beseitigung ist teuer. Im Laufe der Jahre läppert sich ein Vermögen zusammen. Und das, mein Liebling, habe ich gespart.“

„Indem du das Gift dort vergraben hast“, nickte sie.

„Nicht alles. Das wäre aufgefallen. Denn daß sich bei der

Herstellung meiner Erzeugnisse Rückstände bilden – giftige Rückstände –, ist bekannt. Etwa zehn Prozent ging den vorgeschriebenen Weg und wurde beseitigt. Aber den Löwenanteil haben wir auf dem ehemaligen XT 44-Gelände vergraben. Das geschah immer nachts. Lehmann und Kappold machen das. Und sie machen es gut. Im Laufe der Jahre haben dich dort Hunderte von Fässern angesammelt. Es reicht, Rosy, um das halbe Land zu vergiften. Wenn das in den Boden geht – und ins Grundwasser, dann Gute Nacht!"

„Aber es bleibt in den Fässern, Reinold. Nicht wahr? Die Fässer sind stabil."

„Irgendwann rostet jedes Faß durch."

„Aber dann wäre ja eines Tages das Unglück da."

Er lächelte kalt. „Das ist nicht unser Bier, Rosy."

Sie schluckte. „Ich dachte immer, das wäre für. . . alle Zeiten gesichert."

Er schüttelte den Kopf. „Mit meiner privaten Müllbeseitigung habe ich ein Vermögen verdient. Aber ich habe auf Zeit gespielt. Daß das nicht ewig so geht, war mir klar. Nächstes Jahr, Rosy, stelle ich die Produktion ein, bei der die Gifte anfallen. Sofort wird dann das ganze Gelände – den Fässer-Friedhof, meine ich – mit einer Betondecke überzogen. Und asphaltiert. Ich mache einen großen Parkplatz daraus. Damit sind die Fässer für immer vergraben. Klar – in einigen Jahrzehnten werden sie durchrosten. Vielleicht auch schon in Jahren. Dann sackt das Gift in den Boden. Dann ist das Grundwasser beim Teufel. Aber ich glaube nicht, daß man die Giftquelle findet. Außerdem – zu der Zeit haben wir die Fabrik längst verkauft. Wir sind verduftet von hier und leben in unserem Haus in der Schweiz."

„Ach?" Sie war verstört. Was er ausführte, war völlig neu für sie und kam überraschend. Der Gedanke, im Alter wegzugehen, mißfiel ihr. Sie war gern in dieser Stadt. Aber – Reinold würde es schon richtig machen. Und sie vertraute ihm ganz.

„Ja, mein Liebling! So habe ich unsere Zukunft geplant. Und soweit ist alles klar. Aber jetzt ist die Sache mit den elf Fässern passiert."

„Davon weiß ich noch gar nichts."

„Soll ich dich mit jedem Mist behelligen? Ich dachte, ich könnte es mit der linken Hand erledigen. Leider ist das anders gelaufen. Es gibt Schwierigkeiten."

Er machte eine Pause.

Sie fragte, ob er noch einen Gognac wollte. Er wollte, und um auch was zu tun, schenkte sie ihm ein.

„Es war vorletzte Nacht", erzählte er. „Kappold und Lehmann sollten ein Dutzend Fässer verscharren. Sie gruben ganz hinten auf unserem Gelände, an einer Stelle, die bis dahin noch jungfräulich war – total unberührt, hahahah! Jedenfalls glaubten wir das. Aber dann. . . Du entsinnst dich, daß ich gegen drei Uhr früh angerufen wurde."

„Ich weiß. Ich war ja so erschrocken. Ich dachte, deiner Mutter wäre was zugestoßen."

Fannkes Mutter lebte im Altersheim. Schon vor Jahren hatte man sie dorthin abgeschoben – verständlicherweise, denn hier in der Zwölf-Zimmer-Villa war kein Platz für die alte Dame, die sich allein nicht mehr helfen konnte. Immerhin – es war ein teures Altersheim, und seine Mutter hatte sich mit der Einsamkeit abgefunden. Sie weinte auch nicht mehr so viel.

„Lehmann rief mich an", fuhr er fort. „Er und Kappold waren auf elf XT 44-Fässer gestoßen. Überbleibsel von damals. Eine Sauerei! Jahrzehnte hat das dort im Boden gelegen – auf unserem Gelände. Und das Gift ist das grausigste, das je ein Chemiker zusammengemixt hat. Eine Gefahr für uns alle. Eine akute Gefahr. Damit stand fest, daß das Zeug sofort weg muß."

Er nippte an seinem Glas. „Die Behörden konnte ich nicht verständigen, um die Fässer bergen zu lassen. Dir ist klar, weshalb das nicht geht?"

Sie dachte nach, bemühte sich um eine verständige Miene, begriff aber nichts.

Er seufzte. Ein Dussel als Frau, dachte er, ist ja im allgemeinen ganz bequem. Aber wäre sie etwas weniger vernagelt, brauchte ich nicht alles zu erklären.

„Man hätte natürlich nicht nur die elf Fässer beseitigt", setzte er ihr auseinander, „sondern das ganze Gelände durchsucht, umgegraben, abgestochert. Wegen der großen Gefahr, es könnten noch andere XT 44-Fässer dort liegen, mein Engel. Es liegen aber nur Hunderte von Fannke-Fässern dort, die nicht aus dem Krieg stammen, sondern aus den letzten Jahren. Damit hätte man mich am Arsch. Und ich wäre aus dem Knast nicht mehr rausgekommen, mein Engel. Also mußten die XT 44-Fässer weg, irgendwo anders hin! Versteht das dein schlaues Köpfchen?"

Sie zog einen Flunsch. „Ich muß mich doch erst reindenken in deine Probleme."

„Aber ja, mein Engel!"

„Sei nicht so gereizt. Ich bin an der Sache nicht schuld."

Er nickte. „Entschuldige. Jedenfalls – dieser Kerl, der eben hier war, hat Lehmann und Kappold beobachtet, als sie die hochgiftigen Fässer , die sie auf unserem Gelände gefunden hatten, hinter den Schrebergärten wieder verscharrten. Er wollte mich erpressen."

„O Gott!"

„Ich konnte ihn abwimmeln. Aber das ist ein zäher Bursche. Der gibt nicht auf. Das gibt Schwierigkeiten."

„O Gott!"

„Laß den in Ruhe. Der hilft uns nicht. Helfen muß ich mir selbst."

„Was wirst du jetzt tun, Reinold?"

„Telefonieren."

Er stellte sein Glas auf die Hausbar und ging ins Arbeitszimmer zurück. Für eine Weile starrte er auf die Schreibtischplatte. Dann griff er zum Telefon.

Lehmann meldete sich sofort.

Fannke erklärte ihm, was sich inzwischen ereignet hatte. „Wir müssen den Kerl irgendwie loswerden", setzte er hinzu. „Am besten, er kriegt einen Denkzettel, daß er sich nichts mehr getraut."

„Läßt sich einrichten, Chef. Habe ich den Namen richtig verstanden? Werner Schrenk?"

„So hat er sich vorgestellt."

„Vielleicht kenne ich den. Er ist groß, schlank, hat tiefliegende Augen, dunkles Haar und Bürstenschnitt."

„Mensch, das ist er! Also stimmt der Name."

„Dann weiß ich auch, wo wir den finden, Chef. In der Barackensiedlung."

„Danach sieht er aus. Woher kennst du ihn?"

„Persönlich kenne ich ihn nicht. Er weiß auch nicht, wer ich bin. Mit einem gewissen Dallmüller hat er mal 'nen Einbruch gemacht. Und dabei den Hausbesitzer halb tot geschlagen. Wer die Einbrecher waren, ist aber nie rausgekommen. Mit Dallmüller saß ich in 'ner Kneipe, als Schrenk draußen vorbei ging. Dallmüller erzählte mir, wer das sei, und den Typ habe ich mir gemerkt. Weil Dallmüller sagte, es wäre ein ganz gemeiner Hund."

„Könnte man ihm diese Sache noch nachweisen?"

„Das glaube ich nicht. Und Dallmüller ist seit 'nem halben Jahr tot. Hat sich Heroin reingeschossen, der Idiot, und dabei zuviel erwischt. Mit Schrenk werden wir fertig, Chef."

„Gut! Kommst am besten gleich her, damit wir uns was einfallen lassen. Bring Kappold mit."

„Hm. Ja. . ." Lehmann druckste. „Der ist im Moment nicht da."

„Wo ist er?"

„Im Betrieb. Beim Fuhrpark. Er. . . naja, ist ja nicht schlimm, wenn ich's sage. . . er hat letzte Nacht vergessen, die Folien von den Türen des Lasters abzuziehen. Vorhin ist ihm das eingefallen. Jetzt macht er's."

„Seid ihr des Teufels!"

„Ist wirklich nicht schlimm, Chef. Wir haben den Laster ganz hinten an der Mauer geparkt. Da kommt niemand hin."

„Verdammt! Ich muß mich auf euch verlassen können."

„Klar, Chef! Können Sie! Übrigens haben wir eine Überraschung für Sie! Sie werden staunen. Vorhin waren wir im Klippental, und. . . Nee! Das erzähle ich, wenn ich da bin."

„Beeil dich!" Fannke wollte schon auflegen, als ihm noch was einfiel. „Hast du die K.O.-Tropfen besorgt?"

„Habe ich. Die hätte ich sowieso mitgebracht."

Fannke ging ins Terrassenzimmer, um sich noch einen Cognac zu holen. Seine Frau rumorte in der Küche.

Albernheit! dachte er – und meinte die K.O.-Tropfen. Das war ein Betäubungsmittel, das angeblich wie der Blitz wirken sollte – geruchlos und von neutralem Geschmack, Ganoven benutzen das, um ihre Opfer auszuschalten. Schon in mancher anrüchigen Nachtbar war plötzlich ein einsamer Gast umgekippt, um dann im Morgengrauen irgendwo in der Gosse aufzuwachen – allerdings ohne Brieftasche.

K.O.-Tropfen gibt's in keiner Apotheke. K.O.-Tropfen gibt's nur in der Unterwelt. Lehmann hatte Beziehungen und kannte die Quellen. Klar, daß er ein Fläschchen für seinen Chef besorgte.

Freilich – Fannke wollte niemanden ausrauben. Was er sich ausgedacht hatte, war ein Scherz à la Fannke, nämlich ohne Rücksicht auf Mitmenschen.

Bei einer Party am nächsten Wochenende – zu der er und Rosy geladen waren – wollte er, heimlich, versteht sich, die berühmte und von allen geschätzte Sommerbowle der Gastgeber mit K.O.-Tropfen anreichern.

Das würde ein Spaß werden! Wenn alle umkippten und nur Reinold Fannke senkrecht blieb!

Wäre ja noch schöner! dachte er. Meinen Frohsinn lasse ich mir nicht nehmen. Nicht durch diese kleine Panne mit dem XT 44!

10. Kußhand und Bauchweh

„Achtung! Er kommt!“ sagte Locke.

Sie und Tom hatten sich ein besseres Versteck gesucht – hinter einem randvollen Müllcontainer an der Ecke Zedernstraße/Wacholdergasse.

Jetzt beobachteten sie, wie Schrenk das Fannke-Grundstück verließ – im Sturmschritt, als wollte er sich die Absätze schieftreten. Die Schultern hielt er wie jemand, der gegen geschlossene Türen anrennt.

„Hm.“ Tom grinste. „Wohl nix mit dem Job?“

„Job?“ Locke klopfte seitlich an ihren Helm. „Wenn der einen Job sucht, schlafe ich ab heute mit Helm.“

Schrenk fuhr ab. Sie folgten ihm nach bewährter Methode. Wollte der Kerl zur Fannke-Chemie-Fabrik? Oder heim?

Er wandte sich, beziehungsweise das Vorderrad stadtwärts, hielt schließlich vor einer Kneipe, die sich OTTOS BIERGARTEN nannte, und parkte sein Motorrad zwischen zwei PKW.

OTTOS BIERGARTEN ließ sich mühelos mit drei Dutzend Gästen füllen – ein von Fliederbüschen umrahmtes Gartenstück zwischen der eigentlichen Kneipe und dem Nachbarhaus. Die Fliederbüsche welkten, wohl infolge Wassermangels. Aber eine schöne Kastanie stand in der Mitte und spendete Schatten.

Auf der anderen Straßenseite war ein ewiglanger Bretterzaun, hinter dem gebaut wurde. Das Fundament für ein Riesengebäude war fertig. Zur Zeit entstand das Erdgeschoß.

Sie ließen ihre Motorroller dort, wo der Zaun begann und ein Schild Unbefugten das Betreten untersagte. Hinter dem Zaun liefen sie bis in Höhe des Biergartens.

Locke äugte durch ein Astloch, Tom durch einen Spalt zwischen zwei Brettern. Bauarbeiter waren in der Nähe und legten enormes Tempo vor – auch beim Biertrinken. Kästenweise standen die Flaschen umher. Die Männer

beobachteten die beiden, lachten, und einer fragte, vor wem sie sich denn versteckten.

Locke warf ihm ein Kußhändchen zu, hatte sofort alle Maurerherzen gewonnen und widmete sich wieder dem Astloch.

„Er sitzt bei Börner am Tisch“, sagte sie leise.

„Froschauge rasiert sich wohl nie.“

„Weißt du, was ich glaube, Tom?“

„Sicherlich dasselbe wie ich.“

„Schrenk war heute nacht beim Kartoffelacker. Bevor er mit Börner und Stangl zu uns kam – zwecks Überfalls.“

„Richtig.“

„Das paßt auch zeitlich genau. Denn da kam ja der Laster.“

Tom zupfte Splitter aus dem Spalt, um das Gesichtsfeld zu verbreitern.

„Und beim Kartoffelacker, Locke, hat er gesehen, wie die Fässer vergraben wurden.“

„Und er stellte fest, Tom, der Wagen gehört der Fannke-Fabrik.“

„Weshalb er eben bei Fannke war, dem Chef persönlich, um ihm ein bißchen Schweigegeld aus dem Kreuz zu leiern.“

„Dann wäre also Fannke der Umweltsünder. Und die Frage ist: Hat er Schrenk Geld gegeben – oder nicht?“

Börner saß seitlich zu ihrer Blickrichtung. Sein Froschprofil verriet nichts. Dem Stoppelkopf konnten sie frontal ins Gesicht sehen. Es wirkte verkniffen.

„Da ist nichts nach Wunsch gelaufen“, meinte Tom. „So fröhlich wie die sind, passen sie auf jede Beerdigung.“

„Immerhin haben wir jetzt was Greifbares. Einen Verdacht.“

Tom stocherte wieder in dem Spalt. Sein Blickwinkel war ungünstig. Von Börner sah er nur die Nasenspitze.

„Den Verdacht, Locke, müssen wir auf solide Füße stellen. Wir brauchen Beweise, zumindest Indizien *(zwingende Verdachtsgründe).*“

„Du meinst den Laster?"

„Wenn der zur Fannke-Chemie gehört, sind wir schon ein Stück weiter. Wiedererkennen würde ich den Brummi, glaube ich. Vorausgesetzt, ich stehe vor ihm. Also werde ich diese Begegnung herbeiführen. Gehen wir!"

Die Bauarbeiter johlten, als das Pärchen abzog. Locke verteilte noch zwei Kußhändchen und bekam die Geste dutzendfach zurück.

Sie rollerten zur Chemie-Fabrik zurück.

Dort hatte sich nichts verändert. Der Pförtner saß in seinem Glaskasten, las Zeitung und hatte die Mütze etwas nach hinten geschoben, was seinem Rentnerkopf einen Hauch von Kühnheit verlieh.

Sie schoben ihre Roller hinter die Büsche der Grünanlage.

Tom streckte den Arm aus.

„Ganz im Hintergrund stehen Laster – hinter den Lagerhallen. Das habe ich gesehen, als wir Schrenk verfolgten. Die Mauer umgibt offenbar das ganze Gelände. Ich laufe zur Rückfront und werde dort hinüber steigen. Nimm inzwischen ein Sonnenbad."

„Das ist ja eine Arbeitsteilung wie in alten Zeiten, als die Männer noch ritterlich waren."

„Ich bin ritterlich und trotzdem neuzeitlich."

Sie lachte. „Also gut, ich warte. Helfen kann ich dir ja nicht."

Sie setzte sich auf eine Bank, legte Strohhut und Helm neben sich und hielt das Gesicht in die Sonne.

Tom schlich auf Zehenspitzen heran. Sie merkte es, als sein Schatten über sie fiel. Deshalb landete sein Kuß auf der Nase.

„Das gehört wohl auch zur Ritterlichkeit?" Sie blinzelte durch ihre seidigen Wimpern.

„Klar. Also, ich gehe. Wenn ich bis Mitternacht nicht zurück bin, haben sie mich zu Kunstdünger verarbeitet."

„Den besorge ich mir dann – und verteile dich in unserem

Garten. Dann gedeihen sie bestimmt toll, die Begonien, Dahlien, Lupinen, Margeriten, Gerbera, Gladiolen, Löwenmäulchen und Chrysanthemen. Hm?"

Tom verzog das Gesicht. „Dein Gemüt ist so zart wie ein Blütenkelch."

Sie sahen sich an. Er las Besorgnis in ihren Glutaugen. Das schoß ihm wie Heldenmut in die Adern. Er blinkerte mit dem grünen Auge, dem rechten, und trabte los.

Eine Gasse führte an der Schmalseite des Fabrikgeländes entlang – begleitet von der alten Mauer. Auf der anderen Seite standen Schuppen und Lagerhäuser, halb verfallen und offenbar unbenutzt.

Die Gasse führte auf freies Feld, verwandelte sich aber auf dem letzten Stück in einen holprigen Sandweg, um den niemand sich kümmerte. Weshalb auch? Er endete auf einer häßlichen Stoppelwiese, die keiner betrat. Sie sah irgendwie räudig aus – vielleicht weil die Industriebetriebe zuviele Schadstoffe ausspuckten, was der Boden nicht vertrug.

Die Mauer war übermannshoch.

Tom hüpfte, um hinüber zu sehen.

Sämtliche Gebäude standen in der vorderen Hälfte. Die hintere war offenbar ungenutzt, obschon ebenfalls von der Mauer umgeben. Hinter einer flachen Halle parkten Lastwagen – etliche.

Tom vergewisserte sich, daß er unbeobachtet war. Er hechtete an der Mauer hoch, erwischte die Krone und hielt sich fest.

Nach einem Klimmzug schob er den Kopf über die Mauer.

Der rückwärtige Teil des Fabrikgeländes war groß wie ein Fußballfeld und schrundig wie ein aufgebrochener Acker – aber der Boden nicht dunkelerdig, sondern sandig, weshalb dort nur dürre Halme wuchsen, vielmehr kränkelten.

An einigen Stellen lag Baumaterial, Bretterstapel türmten sich. Plastiksäcke mit irgendwelchen Abfällen schmorten in der Nachmittagssonne.

Das übrige Fabrikgelände war asphaltiert, zehn oder zwölf Laster parkten in langer Reihe. Es waren Wagen unterschiedlichen Fabrikats.

Er äugte zu den Gebäuden, sah niemanden, schwang sich über die Mauer und landete weich im Sand. Sofort rannte er zu den Brummis, die dicht an der Mauer standen. Als er den ersten erreichte, fühlte er sich sicher. Jetzt war er abgeschirmt gegen Blicke.

Alle Fahrzeuge waren beschriftet, trugen deutlich sichtbar den Firmennamen. Tom ging an der Reihe entlang.

Der erste war ein geländegängiger Kleinlaster mit Allradantrieb, dann folgten mehrere Schwerlastzüge mit Plane, schließlich ein Sattelschlepper-Tankzug, hinter dem ein Dreiseitenkipper stand. Der nächste war ein Kleinlasttransporter in Kastenausführung, rundum metallisch und – so klein eigentlich nicht. Und im Mondlicht, garantiert, sah dieser Laster noch größer aus.

Das ist er! schoß es Tom durch den Kopf.

Er kniff die Augen zusammen und versuchte sich vorzustellen, wie der Laster nach Mitternacht am Schrebergarten vorbeifuhr.

Dann bemerkte er die Folie.

Sie klebte an der Beifahrertür, aber eine Ecke hatte sich gelöst und hing herab.

FAN war zu lesen – und noch ein halbes N.

Überklebt? Weshalb?

Die Entdeckung durchrieselte ihn. Im selben Moment hörte er die Schritte.

Jemand kam und war schon nahe. Tom zog sich zurück. Er duckte sich hinter das Fahrerhaus des Kippers und spähte durch die Bodenfreiheit.

Der Mann trug klobige Schuhe und Arbeitshosen, stand jetzt neben dem fraglichen Laster und schien sich was in den Bart zu brummeln.

„. . . wie konnte ich das vergessen!“ verstand Tom.

Raaaaatsch? Anscheinend war auch die Fahrertür mit Folie beklebt. Sie wurde abgerissen.

Dann kam der Mann ums Fahrerhaus herum, zur anderen Seite, wo die Folie zipfelig hing.

Raaaaatsch!

„Ein Glück!" murmelte er. Offenbar neigte er zu Selbstgesprächen.

Tom richtete sich auf. Den mußte er sehen. Was er machte, war mehr als verdächtig.

Tom machte einen lautlosen Schritt, blickte über die Motorhaube – und dem Mann ins Gesicht.

Beide erschraken.

Mochte der Himmel wissen, weshalb Kappold sich plötzlich umgedreht hatte. Vielleicht warnte sein Instinkt.

Tom sah ein grobes Knubbelgesicht voller Warzen, das zu einem vierschrötigen Kerl gehörte.

„Heh!" röhrte Kappold. „Was machst du hier?"

Tom grinste. „Ich schnappe nur mal frische Luft."

„Was du hier machst?"

„Sie hören es doch."

Der Kerl kam auf ihn zu. „Wie bist du reingekommen?"

„Reingekommen? Mein Bester, ich arbeite hier. Bin der neue Lehrling."

„Ach nee. Und in welcher Abteilung?"

„Was geht Sie denn das an!" Tom wies auf die zusammengeknautschten Folien, die der Kerl in der Hand hielt. „Wohl letzte Nacht mit dem Firmenwagen eine kleine Spritztour gemacht, wie? Und vorher die Karre getarnt!"

Hätte er ihn vors Schienbein getreten, wäre wohl dasselbe passiert. Das Warzen-Antlitz erbleichte für Sekunden, um dann wutrot anzulaufen. Hinter der niedrigen Stirn brannten Sicherungen durch. Durch die Wulstlippen gurgelte ein Laut, der schwache Gemüter zur Flucht getrieben hätte. Dann mußte Tom einem fürchterlichen Schwinger ausweichen. Das tat er geschickt. Eine pfundschwere Faust knallte

auf die Motorhaube des Kippers. Blech wimmerte. Der Kerl brüllte.

Besser, ich türme, dachte Tom, ehe der Werkschutz anrückt.

Er wollte mauerwärts sprinten. Aber sein Gegner hatte zwei Fäuste, und die zweite war unverletzt.

Als wollte er Tom vernichten, drosch er auf ihn los.

Tom mußte sich wehren. Mit einem Yoko-Geri-Ke-Komi stoppte er den Wüterich – einem Seitwärtstritt vor den Bauch.

Kappold blubberte, als werde er getaucht, und flog gegen den Kipplaster, daß die Karosserie wie eine Kesselpauke dröhnte.

Er sackte zu Boden und blieb sitzen, nach Luft ringend.

Eichhörnchenschnell sauste Tom an der Mauer hoch und hinüber. Er jagte durch Sandweg und Gasse, erreichte die Frontseite des Fabrikgeländes und fiel ins Schlendern, um den Pförtner nicht mißtrauisch zu machen.

Locke saß auf der Bank und öffnete die Augen, als sie ihn hörte.

„Nanu? So erhitzt?"

„Ich mußte klettern, kämpfen und fliehen."

Nachdem er erzählt hatte, meinte sie: „Ein toller Erfolg, Tom. Gratuliere! Aber ich meine, es ist kein Beweis gegen diesen Reinold Fannke. Während du rumgewetzt bist, habe ich nämlich Gehirnarbeit geleistet, also nachgedacht und meine Logik bemüht. Und ich bin zu dem Schluß gekommen: Fannke kann nicht dahinter stecken. Es sei denn, er wäre von allen guten Geistern verlassen. Denn, Tom: Für die XT 44-Fässer ist doch niemand mehr verantwortlich. Sie stammen, wie wir wissen, aus dem Krieg – und das ist Gott sei Dank! lange her. Wer auch immer sie damals irgendwo vergraben hat – heutzutage kann man diesen Umweltsünder nicht mehr zur Rechenschaft ziehen. Nicht wahr?"

„Stimmt."

„Wer die Fässer findet, riskiert also gar nichts, wenn er sie den Behörden meldet. Im Gegenteil. Der Betreffende wird noch belobigt. Annegret, der wir die Entdeckung verdanken, kriegt sicherlich eine Anerkennung."

„Ich begreife, Locke, worauf du hinauswillst. Wer die XT 44-Fässer meldet, handelt recht. Nur wer sie nicht meldet, sondern anderswo vergräbt, der riskiert Verfolgung und Strafe. Und daß sich ein Industrieller wie Fannke darauf einläßt – du liegst richtig, Schatz! Warum sollte er? Er wäre nicht nur von allen guten Geistern verlassen, sondern von allen bösen besessen. Das XT 44 ist ja nicht sein Dreck. Aber", er hob einen kräftigen Zeigefinger, „ich bin mir trotzdem sicher: Der Laster mit den Folien ist der Laster von letzter Nacht. Und Warzengesicht hat mit der Sache was zu tun."

„Nochmal, Tom! Erst die Kartoffelacker-Aktion macht aus der Sache ein Umweltverbrechen. Richtig?"

„Aber das hat Fannke nicht nötig."

„Wer dann?" Locke setzte ihren Strohhut auf, denn die Sonne blendete.

„Jemand, der ihm schaden will, zum Beispiel. Vielleicht ist das ganze ein Racheakt. Oder ein Schachzug der Konkurrenz."

„Also geht es gegen Fannke. Vielleicht gehört das Warzenferkel zu seinem Betrieb. Dann müssen wir Fannke warnen. Vielleicht ist da ein Komplott *(Verschwörung)* angezettelt, um den Industriellen zu erpressen. Könnte doch sein, Schrenk und Börner gehören dazu. Und sie sahen das Verbuddeln der Fässer nicht zufällig, sondern sind sozusagen bestellte Zeugen, um Fannke jetzt unter Druck zu setzen."

„Schlau!" lobte Tom. „Du hast einen analytischen *(zergliedernd, hinter die Dinge sehen)* Verstand."

„Ist angeboren", erklärte sie bescheiden. Dann reckte sie den Kopf und sah an Tom vorbei durch die Büsche. „Da kommt einer. Ist er das?"

Tom drehte sich um.

Kappold kam durch das Fußgängertor, schien unter Bauchweh zu leiden, trug schwer an seiner plumpen Gestalt und eine Leidensmiene zur Schau.

„Das ist er“, nickte Tom, „Der will wohl nach Hause und eine Wärmflasche auflegen. Tja, von einem Yoko-Geri-Ke-Komi hat man lange was.“

Sie beobachteten, wie Kappold dem Pförtner zunickte, was den immerhin veranlaßte, seiner Dienstmütze ordentlichen Sitz zu geben.

Wartend blieb Kappold vor dem Tor stehen, eine Hand an den Leib gepreßt, die andere schlaff an der Seite.

„Der wird abgeholt“, vermutete Locke.

Ein Taxi näherte sich, und Kappold stieg ein.

Locke schob ihren Hut auf den Rücken und setzte den Helm auf. „Vielleicht können wir Anschluß halten, Tom. In Richtung Innenstadt ist jetzt der Verkehr ziemlich dicht. Da kann das Taxi nur langsam fahren. Wenn wir wissen, wo er wohnt, kriegen wir auch raus, wie er heißt. Dann können wir Fannke den Namen sagen.“

Sie machten sich an die Verfolgung.

★

In OTTOS BIERGARTEN schwirrten Wespen. Sie bevorzugten leere Biergläser, in denen sie offenbar Reste schlürften, um dann volltrunken weiterzufliegen – was einem Flugkapitän, beispielsweise, strengstens verboten ist.

Schrenk war als Kind in ein Wespennest gefallen, 14 hatten ihn gestochen. Lebensgefährlich war der Zehnjährige damals erkrankt. Seitdem haßte er diese wehrhafte Sorte der Hautflügler und floh, wo er nur konnte.

„Mir langt's!“ Er sprang auf. „Ich trinke mein Bier woanders. Außerdem muß ich sowieso noch in die Stadt. Wir sehen uns später, Leo. Übernimmst du mein Bier?“

Börner nickte.

Schrenks Glas war noch halb voll. Eine Wespe krabbelte am Rand, die zweite badete im Schaum, was aber ihren Flügeln nicht guttat. Alle Startversuche schlugen fehl.

Schrenk zog ab. Er ließ Börner in mieser Stimmung zurück und hatte selbst nur Galle auf der Zunge, wenn er an Fannke dachte. Das war fehlgeschlagen. Verdammt!

Während Schrenk mit seinem Motorrad abfuhr, winkte Börner der Bedienung, die hier täglich zehn Stunden Dienst machte. Sie war mürrisch und hatte geschwollene Füße. Aber sie brachte ihm ein frisches Bier, auf das er nach dem ersten Schluck einen Filzdeckel legte, um die Wespen fernzuhalten. Mit jedem Schluck, den er nahm, besserte sich seine Stimmung.

Schrenk hatte Mist gebaut. Na, schön! War ja auch seine Sache. Sollte er weiterwursteln. Was konnte dabei rauskommen? Großes Geld? Bestimmt nicht. Aber nur das lohnte.

Er grinste bierselig. Hatte er doch beschlossen, heute noch loszulegen. Ja, jetzt sollte es sich erweisen. Sein XT 44-Faß – in pures Gold würde sich das verwandeln.

„Wo kann ich hier telefonieren?" fragte er die Bedienung, die gerade den Nachbartisch abwischte, wo Bierpfützen standen.

„Hinten, wo's zu den Toiletten geht, ist das Telefon."

Es war eine Telefonkabine aus braungetünchtem Holz, sicherlich nicht schalldicht. Aber er wollte ja nicht schreien.

Was er vorhatte, war eine Erpressung in ganz großem Stil. Damit seine Forderung erfüllt wurde, brauchte er den Druck der Öffentlichkeit. Was lag also näher, als die Presse einzuschalten. Die würde veröffentlichen, und damit war die allgemeine Panik vorprogrammiert. Um die zu verhindern, mußten sie auf seine Bedingungen eingehen – die Vertreter der öffentlichen Hand.

Er suchte im Telefonbuch. Der Anschluß vom TAGBLATT – da war er schon. Er wählte. Eine Telefonistin meldete sich.

Er verlangte ‚den Chef'. Aber da gab es mehrere. Nach entnervendem Hin und Her zu Vorzimmern, wo wohl gerade Kaffeepause war – denn niemand hob ab –, meinte die Fernsprechvermittlerin, sie werde ihn nun mit Herrn Rehm verbinden, dem Leiter der Lokalredaktion.

Börner brummelte Einverständnis, war aber zusammengezuckt, als er den Namen hörte.

Rehm? Rehm! Fräulein Rehm! – so hatte, zum Henker, der verdammte Bulle *(Polizist)* das Mädchen genannt. Heute morgen im Wachlokal, wo die langhaarige Hübsche mit ihrem schlagstarken Freund die Ausweise abgeliefert hatte.

War sie verwandt mit diesem Rehm? Sicher nicht. Wohl ein Zufall, und der Name nicht so selten, und wenn schon – na und?

„Rehm", meldete sich Gunter.

Börner räusperte sich.

„Äh. . . wissen Sie von den XT 44-Fässern?"

„Natürlich. Wer spricht dort, bitte?"

„Ich werde mich hüten, meinen Namen zu nennen. Wären Sie bereit, zwischen mir und der Stadt zu vermitteln?"

„Sie brauchen einen Vermittler?" Gunters Stimme klang nach ‚aha, verstehe! So läuft der Hase.'

„Ja, brauche ich. Also?"

„Gut. Ich bin bereit. Sie haben die beiden fehlenden Fässer, stimmt's?"

„Heller Junge, der Herr Lokalredakteur!" lobte Börner.

„Stimmt fast. Ich habe ein Faß. Ein XT 44–Faß."

„Und das wollen Sie jetzt meistbietend verkaufen?"

„Nett, wie Sie das ausdrücken. Ja, das will ich. Allerdings zu einem festen Preis."

„Verschleudern Sie's. Das Zeug ist nichts wert."

„Oh nein! Oh doch! Verschleudern werde ich's nicht. Und wert ist es doch was. Viel sogar, wenn man richtig damit umgeht. Dann verwandelt sich das Gift in Gold."

„Wieviel?“ fragte Gunter.

„Ich will eine Million. Für die öffentliche Hand ist das nicht viel, für mich schon. Eine Million will ich von der Stadt. Sagen Sie dem Oberbürgermeister, man soll das Geld bereit halten. Ich melde mich wieder.“

„Moment!“ rief Gunter. Er hatte das Empfinden, der Erpresser lege auf. „Was geschieht, wenn man Ihr Ansinnen zurückweist?“

„Dann vergifte ich das Trinkwasser der Stadt. Dann leite ich XT 44 in die öffentlichen Schwimmbäder. Dann wird diese Gegend unbewohnbar. Klar?“

„Ungezählte Menschen könnten umkommen. Das berührt Sie wohl nicht?“

„Überhaupt nicht. Um die meisten ist es nicht schade.“

„Sie sagen, Sie haben eins der Fässer. Und wo ist das zweite?“

„Keine Ahnung, Rehm. Vielleicht hat noch ein anderer was ähnliches vor. Aber ich bestehe auf meiner Million. Sie sind der Vermittler. Bei Ihnen melde ich mich wieder. Ende.“

Er legte auf, war zufrieden mit sich und ging an seinen Platz zurück, um das Bier auszutrinken.

Inzwischen rotierte *(sich drehen = beeilen)* Gunter in seinem Redaktionsbüro.

Er wies Helma Hartig, die überschlanke Volontärin, an, ihren Giftalarm-Artikel zurückzuhalten, weil er aufgrund dieser sensationellen Erpressung noch ergänzt werden müsse. Dann rief er den Oberbürgermeister an.

Das Stadtoberhaupt stöhnte, informierte gleich den Polizeipräsidenten; und man kam überein, sich zunächst mal zu dritt zu treffen, um abzusprechen, was zu tun sei bzw., wie sich Gunter als Vermittler verhalten solle.

Fest stand: Die öffentliche Sicherheit genoß Vorzug vor allem; und mit dem Gift besaß der Erpresser leider ein geeignetes Mittel, um verheerenden Schaden – ja, eine Katastrophe anzurichten.

Andererseits – kampflos würde man ihm eine Million aus dem Geldsäckel der Stadt nicht überlassen.

11. Der Ganove nebenan

Das Taxi kam nur langsam voran. Verkehrsbrei füllte die Straßen. Locke hatte richtig vermutet.

Sie und Tom konnten folgen, ohne die Motorchen ihrer Roller zu überdrehen. Die Verfolgung endete in einem angenehmen Wohnviertel, wo Reihen- und Doppelhäuser standen und kleine, aber gepflegte Gärten das Bild bestimmten.

Das Pärchen hielt Abstand, um nicht entdeckt zu werden von Warzengesicht.

Sie sahen, wie das Taxi vor einem Doppelhaus stoppte. Der Kerl stieg aus. Steifbeinig schleppte er sich durch den Vorgarten zur Tür der jenseitigen Haushälfte.

„Dem tut noch der Bauch weh", stellte Tom fest.

Der Mann schloß auf, betrat das Haus und ward nicht mehr gesehen.

„Hier wohnt er", sagte Locke.

Die andere Haushälfte war ihnen zugewandt. Ein Zaun teilte den Garten, der auf dieser Seite spitz zulief, weil eine Nebenstraße spitzwinklig abzweigte. In der Gartenspitze stand eine Wäschespinne, an der allerlei Zartfarbenes hing – Textilien, die jüngere Damen direkt auf der Haut tragen. Die Wäsche war noch naß und wurde soeben aufgehängt – von einem Mädchen, das älter als Locke und wenig älter als Tom war. Ein blonder Mittelzopf wedelte zwischen ihren Schulterblättern.

„Die frage ich", sagte Locke. „Bleib du lieber hier. Vielleicht ist sie schüchtern."

Tom nickte und zog einen Kaugummi aus der Tasche.

Locke rollerte zum Zaun.

Als sie hielt, blickte sich das Mädchen um. Locke sah ein freundliches Gesicht, in dem die Nase etwas lang geraten war.

„Tag!" grüßte sie. „Kann ich dich mal was fragen?"

Die Bezopfte kam zum Zaun.

Rasch blickte Locke zum Haus hin. Sie konnte nur die Schmalseite der ihr zugewandten Gebäudehälfte sehen, nichts von Warzengesichts Behausung. Also blieb sie unbemerkt, es sei denn – der Kerl hätte das Haus verlassen.

Fragend blickte das Mädchen sie an.

„Ich heiße Nina", sagte Locke. „Ich sah, wie ein Mann in die drüben liegende Haushälfte ging. So ein plumper Typ mit dem Gesicht voller Warzen. Ist das dein Nachbar?"

Das Mädchen nickte. „Leider. Er heißt Kappold. Dieter Kappold. Ist was mit ihm?"

„Ich bin mir nicht sicher", schwindelte Locke, „ob er der Gesuchte ist. Aber ich glaube, ja. Vor drei Tagen hat mich nämlich ein Wagen gestreift. So, daß ich stürzte. Und ich meine, dieser – wie? – Kappold saß drin. Hat er einen Wagen?"

„Er nicht. Aber Lehmann", gab die Bezopfte bereitwillig Auskunft. „Der fährt meistens. Ferdinand Lehmann." Sie nannte den Wagentyp und die Farbe.

Locke nickte. „Das könnte stimmen. Was sind denn das für Leute?"

Karin – so hieß sie – erwies sich als mitteilsam.

„Kappold und Lehmann", berichtete sie, „wohnen zusammen. Aber sie passen nicht hierher. Das ist Lumpengesindel. Wir sind todunglücklich, seit wir die als Nachbarn haben. Mindestens zweimal in der Woche bringen die des Nachts übelste Gesellschaft mit." Sie senkte die Stimme. „Straßenmädchen. Leichtfertige Personen – du verstehst. Und dann feiern sie, trinken und lärmen. Aber der Hauseigentümer setzt sie nicht raus, weil sie pünktlich die Miete bezahlen."

„Tut mir leid für dich und deine Familie. Was arbeiten denn die beiden?"

„Das wissen wir bis heute nicht. Aber sie haben klotzig Geld. Bist du verletzt worden?"

„Wie? Ich! Ach, du meinst, als mich der Wagen gestreift

hat. Nein, nicht sehr. Nur eine Schürfwunde. Aber. . . mein Roller mußte repariert werden."

„Schlimm!" nickte Karin. „Ich bin überzeugt, das waren die beiden. Es paßt zu ihnen. Die sind rücksichtslos und bestimmt auch rowdyhaft auf der Straße."

„Und ihr wißt nicht, wo sie arbeiten?" vergewisserte sich Locke abermals.

„Keine Ahnung. Oft sind sei nachts weg. Was Besonderes ist ihre Arbeit bestimmt nicht. Denn sie laufen meistens in Dreckklamotten rum. Aber, wie gesagt, mit Geld werfen sie um sich."

Locke dankte für die Auskunft und meinte, möglicherweise wären die Kerle jetzt dran wegen Fahrerflucht. Dann rollerte sie zu Tom zurück und berichtete ihm.

„Stell dir vor", fügte sie hinzu, „das sind Ganoven, die auf Bestellung Verbrechen ausführen. Bestimmt haben sie dann auch die XT 44-Fässer verbuddelt. Zu zweit. Denn elf Fässer verbuddeln sich schneller zu zweit – in so knapper Zeit wie letzte Nacht."

„Und dazu haben sie sich Fannkes Laster ausgeliehen", nickte Tom. „Heimlich, natürlich. Sicherlich arbeitet dieser Kappold in der Chemie-Fabrik. Oder beide sind dort angestellt. So oder so – wir müssen Reinold Fannke verständigen, wie wir es vorhatten."

„Der wird froh sein, wenn wir ihm die Augen öffnen. Ich glaube jetzt wirklich, daß es sich um ein Komplott handelt. Reinold Fannke soll der Dumme sein. Und Kappold und Lehmann stecken mit Schrenk und Börner unter einer Decke."

Sie wollten keine Zeit verlieren, rollerten also zur Zedern-Straße, machten aber unterwegs bei einer Telefonzelle Halt.

Locke rief Frau Mück an und erkundigte sich nach Mäxchen.

Sie erfuhr, es ginge ihm besser. Zwar müsse er noch im Krankenhaus bleiben, sei aber außer Gefahr.

Tom freute sich, als er das hörte.

„Sein Glück war", berichtete Locke, „daß er fast gar nicht mit dem Gift in Berührung kam. Ein wirklicher Kontakt hätte schlimme Folgen gehabt. Dieses XT 44 muß wirklich vom Teufel sein."

„Ich möchte wissen", meinte Tom nachdenklich, „wer die beiden fehlenden Fässer hat!"

★

Reinold Fannke schritt auf dem kostbaren Orientteppich auf und ab, trank schluckweise Cognac und lächelte.

„Mensch, Lehmann! Das ist ja wie ein Lotto-Gewinn!"

Lehmann saß auf der Ledercouch und bemühte sich um eine bescheidene Miene. Eben hatte er seinem Chef über das Naturwunder berichtet, über die unterirdische Höhle im Klippental, über dieses Verlies der Natur, das niemand sonst kannte.

Auch er trank Cognac.

„Es kommt wie bestellt." Fannke blieb vor dem Terrassenfenster stehen. „Jetzt kann nichts mehr passieren. Wir werden sämtliche Fässer dorthin bringen. Sämtliche Fässer, die auf unserem Gelände verscharrt sind. Dann brauchen wir nichts mehr zu fürchten."

„Dann können Sie auch riskieren, Chef", nickte Lehmann, „daß dieser Schrenk Sie anzeigt. Sowas ist bei dem drin. Natürlich wird er's anonym *(namenlos)* machen und selbst im Hintergrund bleiben. Aber sobald unser Gelände sauber ist, können die Bullen dort pflügen."

„Sobald! Du sagst es. Aber das dauert. Es sind Hunderte von Fässern! Das geht nicht von heute auf morgen. Ihr seid nur zu zweit, Lehmann. Und ihr könnt nur nachts transportieren, damit euch dieser Brettschneider nicht erwischt. Das heißt, wir brauchen Zeit. Wenn du meinst, daß von Schrenk Gefahr droht – dann machen wir ihn fertig."

Fannkes Gesicht verzog sich – nahm einen gemeinen Zug an. „Vielleicht", fuhr er fort, „wäre auch Schrenk in der Höhle gut aufgehoben."

Lehmanns fischige Augen wurden noch kälter. „Ich hätte keine Bedenken. Nach dem kräht kein Hahn, wenn er von der Bildfläche verschwindet."

Im Nebenzimmer klingelte das Telefon.

Fannke wußte seine Frau in der Küche, wo sie ein besonderes Rezept erprobte, sagte zu Lehmann, er wäre gleich wieder da, und ging hinüber.

„Fannke", meldete er sich.

Es war Kappold.

Fannke merkte sofort, daß was nicht stimmte. Der skrupellose Handlanger druckste herum, als hätte er den Hals in der Schlinge.

„Chef, es ist so. . . Ich weiß nicht, ob Ihnen Lehmann schon gesagt hat, daß ich noch beim Laster war, um die Folien. . . "

„Weiß ich alles!" fuhr Fannke dazwischen. „Was ist?"

„Nun, da war ein Bengel. Ein kräftiger Bursche, so 16 oder 17 Jahre alt, mit 'nem blonden Wuschelkopf und – was ich noch nie gesehen habe – einem blauen und einem grünen Auge. Der. . . " Er unterbrach sich und hüstelte verlegen. „. . . also, der hat mich zusammengeschlagen. Mit Karate und so. Und wie er sich beim Laster rumtrieb, war das, meine ich, irgendwie verdächtig. Er hat mich beobachtet und sowas Komisches gesagt. Vonwegen 'ner Spritztour letzte Nacht, und ob ich den Wagen vorher getarnt hätte."

„Verflucht!" zischte Fannke.

Kappold nahm allen Mut zusammen. „Ich glaube, Chef, der hat uns letzte Nacht beobachtet."

„Ihr habt Mist gebaut. Ich habe es Lehmann schon gesagt. Er ist hier. Wir besprechen gerade, wie wir unsere Fässer in die Klippental-Höhle bringen. Aber jetzt spitzt sie sich zu, die Situation. Du weißt nicht, wer der Junge ist?"

„Nee. Den habe ich vorher nie gesehen. Er ist dann abgehauen."

„Wäre gut, wir fänden ihn."

„Sie wollen ihn. . . mit Schweigegeld schmieren?"

„Zum Schweigen will ich ihn bringen. Aber wie, verdammt, wenn wir nicht wissen, wer er ist?"

„Er hatte Jeans an und ein dunkelblaues T-Shirt."

„Das hilft uns weiter, was?" höhnte Fannke. „Naja, wir müssen abwarten, ob der Bengel was unternimmt. Bist du groggy, Kappold?"

Kappold sagte, es ginge schon wieder.

Fannke gebot ihm, zu Hause zu bleiben und sich zur Verfügung zu halten, legte auf und ging ins Terrassenzimmer zurück, wo Lehmann gerade die Cognacflasche hatte und sich ein Glas füllte – fast bis zum Rand.

Fannke sagte, was Sache war, und Lehmann ließ den Mund offen.

„Das gibt's doch nicht!", flüsterte er. „War letzte Nacht denn alle Welt auf den Beinen?"

„Das bestimmt nicht. Aber ihr habt euch idiotisch benommen. Die Stelle ist schlecht gewählt. Zu nah an der Stadt. Zu dicht bei der Barackensiedlung. Zu knapp hinter den Schrebergärten."

„Hm. Eigentlich, Chef, ist dort nach Mitternacht total tote Hose. Kenne die Gegend. Kein Aas treibt sich dort rum – des Nachts. Muß ein dummer Zufall sein, daß Schrenk uns sah. Und auch dieser Bengel. Falls der wirklich. . . "

„Was denn sonst!" unterbrach Fannke. „Wie er rumspioniert und was er zu Kappold sagt, verrät doch alles. Himmel, wer ist der Bengel? Vielleicht gehört er zu Schrenk? Klar, das könnte es sein. Was sage ich? Das *ist es*. Während Schrenk mir hier einheizt, sucht der Junge nach dem Laster – und findet ihn auch."

„Dann haben sie sich eben beide ihr Grab geschaufelt, Chef."

Es klingelte an der Haustür, weich und melodisch, damit der Gong niemanden erschrecke.

Fannke hörte, wie Rosy zur Tür ging und öffnete. Aber das Gemurmel der Stimmen war nicht zu verstehen.

Dann kam sie ins Terrassenzimmer und schloß die Tür hinter sich.

„Ich habe gesagt, ich will nachsehen, ob du zu sprechen bist, Reinold."

Er schob die Brauen zusammen. „Wer ist da?"

„Ein süßes Pärchen." Sie lächelte. „Jugendliche."

„Was wollen sie, zum Teufel?"

„Ach so. Das habe ich nicht gefragt. Warte! Gleich!"

Sie ging wieder zum Eingang und war nach wenigen Augenblicken zurück. Jetzt hatte sie das Lächeln gelöscht. In ihren Kalbsaugen stand Besorgnis.

„Es wäre wegen der Fässer", flüsterte sie.

Für einen Moment herrschte Stille.

Fannke und Lehmann tauschten einen Blick.

„Wie sieht der Bengel aus?" Fannkes Stimme klang heiser.

„Er? Nun, Reinold, besonders hübsch ist das Mädchen. Sie. . . "

„Ich will wissen, wie er aussieht", fuhr er seine Frau an.

„Er! Der Bengel! Verstehst du mich!"

Sie erschrak. Außerdem war es ihr peinlich, daß er vor Lehmann, diesem üblen Werkzeug seiner Machenschaften, so mit ihr umsprang. Aber sie wußte, es wäre noch schlimmer gekommen, wenn sie sich jetzt mit ihm stritt.

„Der Junge ist 16 oder 17, kräftig, blond, sympathisch, wirkt unerschütterlich und trägt ein blaues Hemd zu Jeans."

Fannke schluckte. „Hast du auf seine Augen geachtet?"

Verwundert nickte sie. „Ja, die sind allerdings ungewöhnlich. Eins ist blau, das andere grün. Jedenfalls schien es mir so."

„Danke, Rosy", sagte er ruhig. „Bitte, geh wieder in die Küche. Sollte ich dich brauchen, rufe ich."

Ihre Neugier war geweckt. Aber ohne Widerspruch zog sie sich an ihren supermodernen Elektroherd zurück. Sich in die Angelegenheiten der Männer einzumischen, wäre wirklich nicht ratsam gewesen.

„Jetzt kommt's", sagte Fannke leise. „Gleich wissen wir mehr. Ich wette, jetzt werde ich zum zweiten Mal erpreßt. Scheint heute dafür das richtige Klima zu sein."

„Soll ich hier bleiben?" fragte Lehmann.

„Daß die dich sehen, ist nicht nötig. Geh nach nebenan. Da verstehst du jedes Wort."

Lehmann nahm sein Glas mit. Leise schloß er die Tür.

Fannke straffte sich und trat in die Diele.

★

Sie warteten vor dem Eingang. Die Tür war angelehnt. Locke trug ihren Strohhut. Sie hatten die Roller dicht am Zaun geparkt, aber die Sturzhelme mitgenommen. Vor Langfingern war man nicht sicher, auch nicht in so nobler Gegend wie hier.

Sie warteten. Locke lächelte Tom an, worauf er unzweideutig die Lippen spitzte. Mehr geschah freilich nicht, denn sie wurden gestört – durch Schritte in der Diele, die sich näherten. Ein Mann zog die Tür auf.

Aha, das ist Fannke, dachte Locke – und musterte ihn, der gut gekleidet war, nach Chef aussah und weisungsgewohnt. Sein Gesicht war glatt und verriet nichts. Sicherlich konnte er Empfindungen verstecken, daß man danach suchen mußte wie nach Ostereiern.

„Ja, bitte?" Er lächelte knapp.

„Entschuldigen Sie die Störung", sagte Locke. „Aber wir haben Ihnen was mitzuteilen. Es ist wichtig für Sie."

Sein Lächeln erwärmte sich.

„Dann darf ich Euch hereinbitten. Darf man noch duzen? Ja, gut. Mit wem habe ich das Vergnügen?"

Sie stellten sich vor und wurden ins Terrassenzimmer geführt, wo Locke mit einem Blick feststellte: Die Einrichtung war kostbar, sogar prahlerisch, aber ohne Geschmack. Naja, den hat nun mal nicht jeder. Und Geld allein macht noch nichts.

Fannke nötigte sie, Platz zu nehmen, griff nach seinem Glas und setzte sich Locke gegenüber.

Der hat Augen wie eine Registrierkasse, stellte sie fest.

Aber Industrielle müssen wohl so sein, sonst machen sie Pleite.

Seine Frau, die ihnen geöffnet hatte, ließ sich nicht blikken.

„Herr Fannke", begann Locke, „möglicherweise spielt sich etwas hinter Ihrem Rücken ab, wovon Sie nichts ahnen. Wir vermuten, es handelt sich um ein Komplott gegen Sie. Und wir sind hier, um Sie zu warnen."

„Ein Komplott?"

Seine Stimme drückte milde Überheblichkeit aus, als spräche er mit kleinen Kindern, denen man geduldig zuhören muß.

Lockes Glutaugen blitzten ärgerlich.

„Ja, ein Komplott, Herr Fannke! Und ich glaube nicht, daß wir Gespenster sehen. Vermutlich war auch dieser Schrenk vorhin hier, um Sie zu erpressen. Stimmt's, oder habe ich recht?"

Das saß. Sie merkte, wie er zusammenzuckte, aber fast nur innerlich. Äußerlich blieb er der Industrielle Reinold Fannke mit unbewegter Miene.

Ohne Lockes Frage zu beantworten, sagte er: „Nun erzählt doch mal."

„Ein gewisser Kappold – Dieter Kappold – hat vermutlich, nein, mit Sicherheit!, einen Ihrer Laster benutzt, um letzte Nacht elf XT 44-Fässer – darüber wissen Sie ja hinreichend Bescheid – in dem Kartoffelacker am Rosenweg zu verbuddeln. Ein gewisser Lehmann – Ferdinand Lehmann

– half ihm dabei. Schrenk beobachtete das, konnte die Spur bis zur Fannke-Chemie zurückverfolgen und denkt jetzt, er hätte Sie beim Wickel. Das ist die eine Möglichkeit. Aber wir halten die zweite für wahrscheinlicher, nämlich daß

Schrenk, Kappold und Lehmann zusammenarbeiten und das mit den Fässern gemacht haben, um Sie in eine mißliche Lage zu bringen. Entweder sollen Sie erpreßt werden. Oder das Komplott hat größere Dimensionen *(Ausmaße)*. Damit

meinen wir: Vielleicht sind die drei gedungen – von der Konkurrenz. Und man will Ihnen einen Knüppel zwischen die Beine werfen oder Sie ins Gefängnis bringen. Ob wir richtig vermuten, können Sie selbst am besten beurteilen. Sie kennen Ihre Feinde, falls Sie welche haben."

Lockes Rede hatte Fannke die Sprache verschlagen. Er schluckte. Sein Blick glitt zwischen den beiden hin und her.

„Ist ja nicht zu fassen. Wie seid ihr denn den. . . äh. . . drei Typen auf die Schliche gekommen?"

Sie erzählten es. Tom schilderte sein Erlebnis auf dem Fabrikgelände und knüpfte an, zumindest Kappold müsse dort beschäftigt sein.

„Ich kenne zwar keinen Kappold", murmelte Fannke, der jetzt sichtlich um Fassung rang, „aber das heißt nichts. Bei so vielen Arbeitnehmern – wie sollte ich da jeden Namen wissen. Kontakt habe ich nur mit meinen leitenden Angestellten."

Locke nannte die Adresse von Kappold und Lehmann.

„Und was wollte Schrenk vorhin?" fragte sie.

„Ihr meint diesen Stoppelkopf, der hier war? Der hat dumm rumgeredet und wollte nicht raus mit der Sprache. Habe nicht begriffen, worum es ging, und ihn dann an die frische Luft gesetzt."

„Der hatte wohl im letzten Moment Schiß", stellte Tom ungeniert fest. „Vielleicht hat ihn der Prunk hier eingeschüchtert. Dann wird er Ihnen sicherlich telefonisch mitteilen, was läuft. Ob Sie erpreßt werden sollen, oder ob man Ihnen anderweitig die Daumenschrauben ansetzen will – im Auftrag Ihrer Konkurrenten aus der chemischen Industrie. Sowas gibt es schließlich. Man liest ja immer wieder, mit welchen – auch kriminellen – Mitteln um Marktanteile gekämpft wird."

Fannke nickte, wischte sich mit der Hand über die Stirn und griff dann erst zum Taschentuch.

„Ihr beide seid ja beängstigend tüchtig. Was diesen Kappold betrifft – um den werde ich mich kümmern. Jedenfalls ist das eine Angelegenheit für die Polizei. Habt ihr sie schon verständigt?"

Locke schüttelte den Kopf. „Erst wollten wir's Ihnen sagen."

Fannke stand auf. „Dann werde ich gleich mal bei den Ordnungshütern anrufen. Bitte bleibt noch. Ich habe noch Fragen. Meine Frau bringt euch eine Erfrischung. Cola oder Orangensaft?"

Sie entschieden sich für Orangensaft.

Fannke lächelte und ging hinaus.

„Anfangs war er der König der Wüste", sagte Locke leise, „und wir waren allenfalls Wüstenmäuse. Jetzt ist er noch so groß", sie zeigte das Format eines Gartenzwerges, „mit Hut."

Tom grinste. „Ich mag ihn nicht."

„Ich auch nicht. Aber das steht auf einem anderen Blatt. Es war unsere Pflicht, ihn zu warnen."

„Übrigens möchte ich dich heute abend ins Kino einladen."

„Gern. Was läuft denn?"

„Mir steckt ein Horrorfilm in der Nase. Soll sehr spannend und gruselig sein."

„Warum schleppst du mich eigentlich immer in Gruselfilme?"

„Die gefallen dir doch."

„Manchmal."

Mir gefallen sie immer, dachte er. Das heißt, die Filme sind mir schnurzegal. Aber Horrorfilme haben es nun mal an sich, daß zarte Mädchen sich gruseln. Dann Schutz suchen, indem sie sich ankuscheln. Da macht Locke keine Ausnahme. Und deshalb vergehen die anderthalb Stunden viel zu schnell. Hoffentlich kriege ich noch gute Plätze – ganz hinten.

12. Wie ein Todesurteil

Erst als die Tür hinter ihm ins Schloß fiel, gestattete sich Fannke, die Farbe zu verlieren. Sein Gesicht wurde fahl.

„Ich habe alles gehört“, zischelte Lehmann. „Sind Sie sich darüber klar, Chef: Wenn die beiden den Bullen erzählen, was sie wissen, fliegen wir auf. Dann ist es aus mit uns.“

Fannke spürte, wie sein Unterkiefer zitterte. Es ärgerte ihn. Um nicht zu stammeln, wartete er ab, bis er sich etwas beruhigt hatte.

„So soll mein Lebenswerk nicht zusammenbrechen“, flüsterte er dann. „So nicht! Wir müssen Zeit gewinnen, Lehmann! Und wir müssen verhindern, daß die beiden irgendwem was erzählen. Hast du die K.O.-Tropfen mit?“

Lehmann glotzte. Dann verzog sich das bleiche Gesicht zu einem Grinsen.

„Mensch, Chef! Im richtigen Moment ist doch immer Rettung da.“

Er griff in die Tasche und zog ein kleines Fläschchen hervor.

Es war braun und ohne Etikett.

Fannke nahm es entgegen.

„Wieviel pro Glas?“

„Zwölf Tropfen. Auf keinen Fall mehr als 15.“

„Und wie wirkt es?“

„Etwa nach einer Minute. Dann ganz plötzlich. Die kippen um wie von der Keule getroffen. Und sind mindestens zwei Stunden narkotisiert *(betäubt)*. Wir bringen sie in die Höhle, ja?“

Fannke nickte.

„Aber da kommen sie nicht wieder raus“, sagte Lehmann. „Da verrecken sie.“

„Unsinn!“ Fannke wischte durch die Luft, als verscheuche er ein lästiges Insekt. Mehr bedeutete ihm Lehmanns Einwand nicht. „Ich sagte es doch schon. Erst müssen wir Zeit gewinnen. Sobald das Fabrikgelände sauber ist, holen wir die beiden wieder raus. Das heißt, wir geben der Polizei einen anonymen Hinweis, wo sie sind. Kein Mensch kann uns beweisen, daß wir dahinter stecken", setzte er lahm hinzu – so lahm, daß zu spüren war: Er glaubte selbst nicht an das, was er sagte.

Lehmann zuckte die Achseln. Ihm war alles recht, solange die Kohlen stimmten. Und Fannke würde sich nicht lumpen lassen. Daß die sogenannte Dreckarbeit ihm, Lehmann, und Kappold oblag, war klar. Also dann!

„Und das gleiche machen wir mit Schrenk", sagte Fannke.

„Wie?"

„Auch den räumen wir weg. Auch der landet in der Höhle. Das ist dann dein Job. Aber darüber reden wir noch. Jetzt. . . "

Seine Hand umklammerte das Fläschchen. Er wandte sich ab und ging durch eine zweite Tür, die in die Diele führte. Von dort eilte er in die Küche.

Seine Frau stand bei der Anrichte und schälte exotische *(fremdartige)* Früchte.

„Rosy", sagte er. „Ich werde in die Enge getrieben. Ich muß mich wehren und bin zu Maßnahmen gezwungen, die dir nicht gefallen werden. Sie gefallen auch mir nicht. Aber ich habe keine Wahl, denn es geht um unsere Existenz. Bitte, stell jetzt keine Fragen! Und rede mir nicht rein! Klar? Später erkläre ich dir alles. Am besten, du gehst hoch in dein Schlafzimmer."

Aus erschreckten Augen sah sie ihn an. „Aber. . . "

„Hast du mich verstanden? Jetzt ist keine Zeit für Gerede."

„Und. . . der Früchtesalat? Und. . . "

„Verdammt nochmal! Mach, daß du hinauf kommst!"

Sie ließ fallen, was sie in der Hand hielt, und verließ die Küche im Eilschritt.

Er wußte, wie dehnbar ihr Gewissen war, was da alles hineinpaßte. War erst die Angst überstanden vor einer möglichen Entdeckung – dann würde sie, Rosy, mit allem einverstanden sein. Hauptsache, sie lebte bequem und im wohligen Wohlstand.

Er füllte zwei Gläser mit Orangensaft. Er schraubte das Fläschchen auf und ließ die Tropfen in das Getränk fallen. Er zählte mit. Das eine Glas erhielt zwölf Tropfen, das andere 15. Er rührte um, stellte die Gläser auf ein Tablett und ging ins Terrassenzimmer zurück.

„Die Polizei schickt jemanden", behauptete er. „Aber das dauert noch etwas. Erstmal stoßen wir an, ja?"

Er reichte Locke das Zwölfer-Glas, Tom das andere, füllte sich Cognac nach und prostete beiden zu.

Sie tranken. Tom hatte Durst. Mit einem Zug leerte er das nicht allzu große Glas. Locke begnügte sich mit knapp der Hälfte.

„Austrinken, Nina", wurde sie von Fannke lächelnd ermuntert. „Meine Frau bringt gleich noch mehr. Sie holt ihn aus dem Keller , den selbstbereiteten Saft aus den Früchten unseres Gartens."

Hoffentlich schmeckt der nicht so bitter, dachte Locke, leerte aber, um die Gastgeber nicht zu kränken, ihr Glas.

Fannke trat zur Hausbar, kehrte ihnen den Rücken zu, beschäftigte sich angelegentlich und schielte zum Sekundenzeiger seiner 8000-Mark-Uhr.

Jetzt! Die Minute war um.

„Locke!" sagte Tom. Seine Zunge lag wie Blei zwischen den Zähnen. „Gibt's . . . Gewitter? Wird ja plötzlich so. . . "

. . . dunkel, wollte er sagen. Aber dazu kam es nicht mehr. Wie ausgeknipst endete sein Bewußtsein. Er kippte zurück. Der Kopf sank auf die Sessellehne. Schlaff hingen die Arme herab.

Eine schwarze Woge schien Locke entgegen zu branden. Sie wollte aufspringen, aber ihre Beine gehorchten nicht mehr. Sie wollte schreien, aber die Stimme versagte. Die schwarze Woge türmte sich auf und fiel über sie. Dann sank Locke in einen endlosen Abgrund, und das Bewußtsein erlosch.

Fannke drehte sich um.

Locke war vom Sessel gerutscht und lag auf dem Teppich. Sie hatte den Hut verloren, und die dunkle Mähne umgab ihren Kopf wie ein Schleier.

„Lehmann!" brüllte Fannke.

Der Handlanger stürzte herein.

„Ruf Kappold an", befahl Fannke. „Soll herkommen. Sofort. Dann siehst du dich draußen um. Die beiden haben Helme, sind also sicherlich mit dem Motorrad gekommen. Schieb es in die Garage. Es muß weg von der Straße."

Lehmann erledigte, was ihm aufgetragen war, kam dann zurück und berichtete, es wären zwei Motorroller.

Fannke stand noch am selben Fleck, als hätte er Wurzeln geschlagen.

„Ihr beide müßt Schrenk überwältigen", sagte er, und seine Stimme klang völlig ruhig. „Unauffällig. Er verschwindet von der Bildfläche, und niemand weiß, wo er geblieben ist. Klar?"

„Wird besorgt, Chef."

„Ich belohne euch fürstlich."

„Klar, Chef. Machen Sie ja immer."

„Verdammt, wo bleibt Kappold?"

„Der kommt gleich. Hat wohl auf die Schnelle kein Taxi gekriegt."

Lehmann betrachtete die beiden.

Tom atmete flach. Locke lag mit dem Gesicht nach unten, als hätte sie's im Teppich vergraben. Ihr bunter Rock bauschte sich. Das rechte Bein – schlank und braun – war abgespreizt.

„Was brauchen wir, Lehmann, um sie in die Höhle zu bringen? Seile. Sicherheitsgurte, in die wir sie reinhängen. Was sonst?"

„Wir sollten Ihnen Decken mitgeben. Und eine Lampe. Vielleicht noch einen Korb mit Proviant."

„Das ist wichtig. Unbedingt."

Lehmann sah ihn an. „Ich habe nachgedacht, Chef. Wenn wir die beiden samt Schrenk in die Höhle verfrachten und später – anonym – mitteilen, wo sie stecken – dann müssen wir die Fässer woanders unterbringen, nicht wahr? Denn dann wird ja die Höhle bekannt. Aber wohin mit den Fässern?"

Fannke begegnete seinem Blick. Jeder wußte, was der andere dachte.

Fannke sagte: „Das alles will wohl überlegt sein. Im übrigen: Wäre es ein Unglück für die Menschheit, wenn die drei in der Höhle umkommen? Bestimmt nicht. Aber wenn meine Firma kaputt geht und Hunderte arbeitslos werden – das wäre ein Unglück, Lehmann. Ganz abgesehen davon, daß wir – du, Kappold und ich – dann im Knast landen. Deshalb: so eine Entscheidung muß man sorgfältig abwägen. Aber entschieden habe ich mich noch nicht."

Längst hast du dich entschieden, dachte Lehmann. Dir bleibt auch nichts anderes übrig. Wohin denn mit Hunderten von Fässern, die sich in Jahren angesammelt haben? Die Höhle bietet eine einmalige Chance. Die läßt du nicht sausen.

„Die Höhle nimmt viel auf, Chef. Da passen nicht nur die drei rein. Die schluckt auch alle unsere Fässer."

Fannke antwortete nicht. Er deutete auf die Bewußtlosen.

„Müssen wir sie fesseln?"

„Nicht nötig. Die wachen erst in der Höhle auf."

„Wir nehmen meinen großen Geländewagen. Da hat alles Platz, einschließlich der Motorroller."

„Wollen Sie mitkommen ins Klippental, Chef?"

Fannke zögerte. Dann nickte er.

„Es geht nur, wenn wir zu dritt sind. Es muß schnell erledigt werden. Außerdem will ich die Höhle sehen."

Kappold traf ein. Sie erklärten ihm die Lage. Er verbarg seinen Schreck. Dann trat er zu dem bewußtlosen Tom und schlug ihm ins Gesicht.

„Ich kann jetzt noch nicht atmen – so hat der mich getreten. Von mir aus kann er in der Höhle verrecken."

Fannke holte mehrere Seile aus dem Keller sowie zwei Sicherheits-Klettersitze.

Alles vorhanden, was man braucht, dachte er zufrieden. Wie gut es sich trifft, daß ich Bergsteiger bin. Als Tischtennisspieler stünde ich jetzt dumm da.

Den Bewußtlosen wurden die Klettersitze angelegt – ein ausgeklügeltes Geschirr, das Körper und Schenkel umgibt.

Fannke füllte einen Henkelkorb mit Proviant – Brot, Käse und Hartwurst – legte eine große Taschenlampe dazu und raffte Wolldecken zusammen. Alle Gegenstände, die er auswählte, waren alt. Niemand würde feststellen können, woher sie stammten. Außerdem: Was einmal in der Höhle war, sollte nie wieder auftauchen.

Eine Tür verband Haus und Garage, in der drei Wagen standen. Kappold und Lehmann schleppten Tom, Fannke trug Locke. Er vermied es, sie anzusehen. Auch jetzt – in tiefer Bewußtlosigkeit – war ihr Gesicht von lieblicher Anmut.

Beide landeten auf der Ladefläche. Decken wurden über sie gebreitet. Fannke verstaute die übrigen Sachen. Es blieb noch Platz für die beiden Motorroller. Kappold und Lehmann hoben sie in den Wagen. Dann fiel die Heckklappe zu.

Fannke ging ins Haus zurück – und zu seiner Frau ins Obergeschoß.

„Rosy, du weißt von nichts. Klar! Die beiden Jugendlichen sind niemals hier gewesen. Du kennst sie nicht."

„Reinold, aber was. . . "

„Frag jetzt nichts. Mach, was ich sage! Und denk immer daran: Es geht um uns. Wenn wir sie schonen, bleiben wir auf der Strecke. Sie oder wir! Ich habe keine andere Wahl. Sie wollten es so. Sie haben mich in die Enge getrieben."

„Reinold“, Entsetzen zitterte in ihrer Stimme, „heißt das, du. . . du vernichtest sie. . . die beiden? Sie sind doch so jung, fast noch Kinder.“

„Ich vernichte sie nicht, Rosy. Aber wir sperren sie in eine Höhle, aus der sie vielleicht nicht mehr herausfinden. Das ist dann nicht meine Schuld. Ich kann sie auch laufen lassen, Rosy. Aber dann verlieren wir alles, und ich lande im Gefängnis. Eine dritte Möglichkeit gibt es nicht. Also?“

Er sah sie an. Ihre Kalbsaugen überzogen sich mit hartem Glanz. Er wußte, daß ihre Selbstsucht stärker war als Mitleid und Rechtschaffenheit.

Sie wandte sich ab, trat zum Fenster und blickte in den blühenden Garten hinunter.

„Ich vertraue dir, Reinold. Du wirst es richtig machen.“

„Das tue ich, mein Schatz. Und ich entscheide mich für uns.“

Er drehte sich um und ging zur Garage zurück.

Lehmann hatte inzwischen das Tor der Einfahrt geöffnet.

Kappold stand bei ihm und blickte die Zedern-Straße entlang, in beide Richtungen. Die Straße war fast leer. Nur an der Ecke zum Magnolien-Weg führte ein kleines Mädchen einen Schäferhund an der Leine. Er reichte der Kleinen bis an die Schulter und schnupperte sich friedfertig von einer Pinkelmarke zur anderen. Fannke kletterte in seinen Geländewagen und setzte rückwärts auf die Straße.

Die beiden stiegen zu.

„Ich lotse Sie, Chef", sagte Lehmann.

Aber Fannke kannte den Weg zum Klippental.

Er fuhr vorsichtig. Er war nervös, wischte sich immer wieder übers Gesicht und übersah – noch innerhalb des Stadtgebiets – ein Halteverbot.

Ein Bus mußte bremsen, Reifen jaulten. Der Fahrer hupte, weil sein Geschimpfe nicht hinausdrang.

Fannke hatte ihm die Vorfahrt genommen, entschuldigte sich mit Gesten und machte, daß er wegkam.

Um Himmels willen! dachte Lehmann. Der hat ja Nerven wie Engelshaar. Wenn jetzt was passiert, können sich die Bullen gratulieren – und wir atmen gesiebte Luft *(im Gefängnis sitzen)* für den Rest des Jahrhunderts.

Er erwog, Fannke Chauffeurdienste anzubieten, wagte es dann aber doch nicht. Die versteckte Kritik dabei hätte den Industriellen tödlich beleidigt. Und sobald sein Selbstwertgefühl auf dem Spiel stand, wurde er eklig bis zur Bösartigkeit.

Die Fahrt ging glatt. Sie erreichten das Klippental.

Inzwischen neigte sich der Tag dem Abend zu. Die Berge warfen lange Schatten. Aber die Luft war noch warm.

Niemand begegnete ihnen auf dem letzten Stück Weges.

Sie hielten an derselben Stelle, wo Kappold und Lehmann vormals geparkt hatten.

Fannke schaltete den Motor aus, blieb aber im Wagen,

während seine beiden Handlanger ausschwärmten, um die Gegend zu erkunden.

Waren Wanderer unterwegs? Holzknechte? Pilzsucher? Trieb sich dieser Brettschneider im Forst herum, um den Schlingenleger endlich zu erwischen?

Kappold, der links der Straße den Späher machte, kam nach einer halben Stunde zurück.

„Weit und breit kein Aas, Chef."

Fannke hatte nach Locke und Tom gesehen. Sie lagen noch immer in tiefer Bewußtlosigkeit.

Lehmann blieb länger aus, meldete dann, die Luft sei rein, reiner ginge es nicht, und der Eingang der Höhle unversehrt.

Dämmerung senkte sich an den steilen Wänden herab. In der Ebene war noch heller Tag, obschon die Sonne den Horizont bald berühren würde. Hier im Tal herrschte Zwielicht; und unter den Bäumen dunkelte es, daß alle Konturen *(Umrisse)* zerfolssen und unwirklich wurden.

„Jetzt ist der richtige Moment", sagte Lehmann.

Sie handelten rasch, ihre Nerven waren angespannt. Sie horchten, ob sich ein Wagen näherte; und die Nervosität ergriff jetzt auch Kappold und Lehmann.

Sie schleppten Tom. Fannke folgte mit Locke. Sie hasteten den Pfad entlang, redeten kein Wort, drängten sich vorsichtig durch die Büsche und erreichten den Eingang der Höhle.

Locke und Tom wurden auf den Boden gelegt.

Fannke keuchte, was ihn ärgerte. Seine körperliche Verfassung ließ zu wünschen übrig. Locke wog wenig. Dennoch – keinen Schritt mehr hätte er geschafft, mit der zarten Last.

„Wo. . . ist denn hier eine Höhle?" japste er.

Lehmann klopfte an die Felswand.

„Das ist der Eingang."

Fannke trat bis dicht an den Fels, konnte aber auch jetzt nichts entdecken.

Inzwischen rannte Kappold zum Wagen zurück, um die Ausrüstung zu holen.

Lehmann hatte einen Flachmeißel mitgebracht – ein Werkzeug, wie es von Schlossern benutzt wird. Damit stieß er in den Spalt. Vorsichtig wurde die Steinplatte gelockert.

Die beiden anderen griffen zu, dann war der Eingang frei. Staunend blickte Fannke in den düsteren Schlund.

„Vorsicht, Chef!" warnte Lehmann. „Man stößt sich sonst die Knochen kaputt."

Er nahm die Taschenlampe und ging voran. Fannke tappte hinterher. Ihn schauderte.

Kappold blieb draußen. Weder Neugier noch Abenteuerlust drängten ihn in den Berg hinein. Ihm war dort, als werde er lebendig begraben.

An der Steinbarriere, wo die Röhre endete, standen Fannke und sein Handlanger nebeneinander.

Lehmann ließ den Strahl der Taschenlampe wandern. Das Licht glitt über die Felswände, hinauf in die Kuppel, wo Stalaktiten *(hängender Tropfstein)* von der Decke herabwuchsen.

„Nicht zu glauben!" Fannke flüsterte.

Lehmann senkte den Lichtstrahl, führte ihn langsam abwärts – in einen schwarzen Abgrund, der sich auftat wie der Eingang zur Hölle.

Tiefer und tiefer glitt das Licht hinab. Es glitt über Kristalle an den Wänden, Kristalle, die wie Hundezähne drohten, über Klumpen von Gips, die tropfendes Wasser geformt hatte, über Gebilde – ähnlich wie Eiszapfen – und Bittersalz-Blumen, die an gesponnenes Glas erinnerten.

Dann berührte das Licht den Boden der Höhle.

Er war nur zur Hälfte fest. Der jenseitige Teil bestand aus schwarzem Wasser. Es ruhte still wie eine Glasplatte. Auf dem felsigen Boden unterhalb der Steinbarriere wuchsen Stalagmiten *(vom Boden zur Decke wachsender Tropfstein).* Aber nur vereinzelte hatten sich gebildet. Zwischen den wenigen Spitzen war viel freier Platz.

„Ungefähr 30 Meter tief", sagte Fannke. Er fröstelte.

„Würde ich auch sagen."

„Die Wände sind senkrecht. Da klettert keiner hoch."

„Vielleicht, Chef, würde es ein erfahrener Bergsteiger schaffen. Einer wie Sie."

„Aber nur mit allen technischen Hilfen."

Lehmann grinste. „Die werden staunen, wenn sie da unten aufwachen."

Fannke antwortete nicht. Er nahm Lehmann die Taschenlampe aus der Hand und leuchtete ringsum die Wände an.

Sie waren steil, steil, steil.

„Seilen wir sie ab", meinte Lehmann, „bevor sie aufwachen."

Sie gingen zurück. Fannke atmete auf, als sie wieder im Freien waren.

Er kniete neben Locke und Tom, überprüfte, ob die Riemen und Gurte der Klettersitze fest saßen, befestigte die Seile und bedeutete beiden Handlangern dann, erst Tom hineinzutragen.

Es gestaltete sich schwierig, denn bei der Steinbarriere war wenig Raum.

Während Kappold die Lampe hielt, ließen Fannke und Lehmann den Jungen hinunter. Bewußtlos hing er im Gurt. Der Kopf war auf die Brust gesunken. Sobald sie ihn über die Steinbarriere geschoben hatten, begann sich sein Körper zu drehen. Er hing senkrecht – mit den Füßen nach unten – über dem Abgrund.

Unterhalb der Steinbarriere wich die Felswand etwas zurück. Das verhinderte, daß er gegen sie stieß.

Fannke hatte sich in den Boden gestemmt, führte das Seil über die Schulter und gab Stück für Stück nach, Lehmann half, indem er bei der Barriere kniete und das Seil durch die Hände laufen ließ, was den Druck von Toms Körpergewicht etwas minderte.

Das Seil scheuerte auf der Steinkante. Doch der Abrieb war gering.

„Jetzt ist er unten." Kappold hatte sich vorgebeugt, schaudernd, und sah, wie Toms Füße den Boden schleiften. „Etwas noch. Jetzt liegt er zwischen zwei Steinspitzen."

Fannke nahm die restlichen Schlingen des Seils von der Schulter und schleuderte sie in die Tiefe.

Dann holten sie Locke. Auch sie regte sich nicht. Die Bewußtlosigkeit hielt an.

Mit einem zweiten Seil wurde sie auf die gleiche Weise hinunter gelassen. Dicht neben Tom sank sie auf den feuchten Boden der Höhle.

Fannke opferte auch das zweite Seil, weil er dies so wenig wie Toms Seil von hier oben ausklinken konnte.

Mit dem dritten ließen sie den Proviantkorb und die Dekken hinunter. Auch die eingeschaltete Taschenlampe lag in dem Korb. Ihr Licht geisterte über die Wände. Der Korb landete neben den Bewußtlosen. Der Lampenstrahl war schräg nach oben gerichtet, schnitt ein Segment *(Kreisausschnitt)* aus der Finsternis und beleuchtete die schwärzliche Wand über dem Wasser.

„Sieht unheimlich aus", murmelte Lehmann.

„Hauen wir ab!" Fannke tastete sich in Richtung Ausgang.

Seine Pulse flogen. Er schwitzte trotz der Kühle. Jetzt, da es getan war, machten seine Nerven nicht mehr mit. Zu schaurig, zu umheimlich war alles.

Und er war sich bewußt: Eben hatten sie an den beiden Jugendlichen das Todesurteil vollstreckt.

Sicherlich – sie lebten noch. Aber eine Chance gab es nicht.

Vielleicht, dachte er, findet sich noch eine Lösung, die uns alle befriedigt. Ist es machbar, daß einerseits die Fässer unentdeckt bleiben und andererseits die beiden hier rausgeholt werden?

Ihm fiel nichts ein. Und er spürte: Es gab diese Lösung nicht.

Dann bleibt alles wie gehabt, dachte er trotzig.

Draußen dunkelte es. Sie holten die beiden Motorroller und schoben sie in die Felsröhre.

Sie verschlossen den Eingang, beseitigten alle Spuren und gingen zum Wagen zurück.

13. Entsetzliches Erwachen

Diese Kälte! Locke fror. Wo ist meine Bettdecke?

Langsam tauchte sie aus ihrer Bewußtlosigkeit auf. Aber den Kopf füllte Watte. Sie konnte nicht denken – noch nicht. Empfand nur dumpf Unbehagen, während Gewichte auf ihr lasteten und die Lider wie zugenäht waren.

Sie regte sich, fror, spürte Kälte und Feuchtigkeit und den harten Boden, auf dem sie lag. Plötzlich dann war sie da, voll da. Der Nebel flatterte auf vom Gehirn, und die Bereitschaft aller Sinne kehrte zurück.

Sie öffnete die Augen.

Finsternis. Doch nur vor ihr. Hinter ihr war Licht.

Sie wälzte sich herum, merkte, daß sie auf feuchtem Fels lag und ihr Körper in Riemen eingeschnürt war.

Sie stieß gegen den Proviantkorb, sah den keilförmigen Strahl der Taschenlampe und die schaurige Felswand.

Verstört setzte sie sich auf.

Wo bin ich denn? Was ist los? Warum friere ich so?

Ihre Glieder schienen erstarrt. Als sie die Beine anzog, stieß sie gegen etwas Weiches. Noch ehe sie erschrecken konnte, merkte sie, daß es Tom war. Reglos lag er neben ihr.

Sie griff nach der Taschenlampe und leuchtete ihn an. Sie sah das Geschirr, in dem er steckte, und das Seil – und gewahrte die gleiche Ausrüstung an sich selbst.

Mein Gott! Träume ich?

Sie zitterte. Mit den Nägeln kniff sie sich in den Unterarm. Es schmerzte. Also kein Traum?

Das Licht fiel auf Toms Gesicht. Sie sah, daß er atmete. Jetzt blinzelte er. Das grüne Auge öffnete sich.

„Tom!"

Er richtete sich auf, drehte den Kopf nach rechts und nach links, streckte einen Arm aus und berührte ihre Schulter.

„Habe ich geschlafen? Sind wir im Keller? Verdammt, was geht denn hier vor?"

„Ich weiß nicht", flüsterte sie. „Bin eben erst wach geworden. Mein Kopf ist so benommen."

„Meiner auch. Waren wir nicht eben bei Fannke?"

„Jaaaaa. . . " Sie erinnerte sich. „Aber wo sind wir jetzt?"

„Gib mal die Lampe."

Er nahm sie, stand auf, taumelte und stolperte über das Seil.

„Verflixt! Wer hat mich da eingeschnürt?"

Bevor er sich davon befreite, leuchtete er die Umgebung ab.

Der Strahl glitt über Felswände, über felsigen Boden, über die schaurige Wasserfläche, die schwärzer war als Kohle, wanderte dann zögernd – als fehle Tom der Mut – die steilen Wände hinauf.

Lockes Blick folgte. Ihr Atem stockte. Sie sah keine Öffnung, keinen Ausgang, kein Loch in den Wänden. Ihr Hirn weigerte sich, das zu begreifen, während sich der Lichtstrahl weiter und weiter in schwindelnde Höhe hinauftastete.

In dieser Sekunde begriff sie, was die seltsamen Geschirre an ihnen und die Seile bedeuteten.

„Tom!" Ihre Stimme zitterte. „Wir sind in einer Höhle. Und. . . der. . . der. . . Eingang muß oben sein. In der Höhle. Ganz oben. Irgendwer hat uns. . . hat uns hier hinunter gelassen."

Er antwortete nicht sofort.

„Es scheint, du hast recht", murmelte er dann. „Dort oben – das sieht wie der Eingang aus. Direkt über uns. Sieh! Jedenfalls ist da ein gewaltiges Loch in der Wand."

Sie sah es.

„Es ist dunkel, Tom. Schwarz. Kein. . . Tageslicht dahinter."

Er leuchtete auf seine Armbanduhr.

„Bei mir ist es halb zehn, Schatz. Abends, sicherlich! Aber jetzt verstehe ich überhaupt nichts mehr. Wie kommen wir in diesen unterirdischen Abgrund?"

Er senkte die Lampe und entdeckte den Korb und die Dekken.

„Locke, mich laust der Affe. Da sind Fressalien. Und Wolldecken, damit wir nicht frieren. Wie aufmerksam! Du, ich glaube, wir sollen hier bleiben. Das ist wohl so eine Art Gefängnis, wie?"

Schlagartig wurde ihr die Situation in ihrem vollen Ausmaß bewußt, dieser Alptraum, der nicht wahr sein durfte, der aber nicht wich und jetzt – nach ungläubigem Entsetzen – Panik auslöste.

„Tom!" wimmerte sie. „Das ist schlimmer als ein Kerker im Mittelalter. Hier kommen wir nicht raus. Nie! Wo ist das nur? Diese entsetzliche Höhle. Wie will man uns denn hier rausholen? Das geht doch gar nicht."

„Und ob das geht! Man hängt Seile herunter. Wir machen sie vorn an den Haken fest, und schon schweben wir aufwärts. Jetzt weiß ich auch, was das für Geschirr ist. Klettergürtel sind's. Braucht man zum Bergsteigen. Aber meiner drückt. Ich schnalle ihn ab."

Er half auch ihr, sich aus den Riemen zu befreien, hüllte sie dann in eine Decke, in die dickste, und faltete eine andere, auf die sie sich setzen konnte.

Sich selbst hängte er die dritte und letzte Decke über die Schultern.

Locke schluchzte.

Er hockte sich zu ihr und legte die Arme um sie.

„Nun hab keine Angst, Locke! Da erlaubt sich jemand einen üblen Scherz mit uns. Aber das kann ja nicht endlos dauern."

„Das glaubst du doch selbst nicht", schnüffelte sie. „Das ist kein Scherz, sondern blutiger Ernst. Und das hier", sie stieß gegen den Korb, „unsere Henkersmahlzeit. Wir sollen hier bleiben, Tom, sterben und vermodern; und unsere Überreste werden vielleicht niemals gefunden."

„Unsinn! Wer sollte. . .?" Er stockte.

„Fannke!" sagte Locke. „Entsinn dich doch bitte! Wir waren bei ihm. Er hat uns Saft angeboten. Kaum hatte ich ihn getrunken – ja, jetzt weiß ich's wieder! Mir wurde so komisch und ängstlich. Was riesenhaft Schwarzes kam auf mich zu. Dann ist der Film gerissen. Das heißt, ich bin umgekippt. Und bei dir war's sicherlich genauso."

„Das hieße, er hat uns betäubt."

„Jawohl! Und dann hierher gebracht."

Toms Zähne knirschten. „Also will er uns aus dem Wege räumen."

„Er *hat* uns aus dem Wege geräumt, Tom. Es ist ihm gelungen. Wir leben zwar noch, werden aber elend verschmachten."

„Das wäre ja Mord. Warum sollte er das tun?"

Noch während er das sagte, wußte er die Antwort.

Locke sprach es aus: „Er, Tom, ist der Umweltsünder. Wir wollten ihn warnen vor der Sache, die er selbst veranlaßt hat. Bestimmt sind Kappold und Lehmann seine Helfershelfer – und haben ihm auch geholfen, uns in dieses Verlies zu werfen. Es war dumm, ihm zu vertrauen. Das heißt, nein, ich sehe auch jetzt keinen Fehler in unserer Überlegung. Wir konnten die Wahrheit nicht ahnen. Aber was hat ihn bewogen, die XT 44-Fässer im Kartoffelacker vergraben zu lassen – statt sie ordnungsgemäß zu melden?"

„Er muß einen Grund haben", nickte Tom. „Und es muß noch mehr dahinter stecken – Belastendes für ihn, wovon wir noch nichts wissen. Alles scheint für ihn auf dem Spiel zu stehen, sonst. . . eh. . . ich meine, sonst wäre er nicht so weit gegangen, das hier mit uns zu machen."

„Tolle Erkenntnis!" schluchzte sie. „Leider kommt sie zu spät. Jetzt nützt uns das nichts mehr."

Er streichelte ihr Gesicht.

„Wir kommen hier raus, Locke. Bestimmt! Und dann kann sich Fannke beglückwünschen. Auf den Knien rutschend wird er uns erzählen, was er auf dem Kerbholz hat."

Eine Weile schwiegen sie.

Plötzlich schien es Tom, als ermatte der Strahl der Taschenlampe.

Um Himmels willen! Wie lange brannte die schon? War die Batterie verbraucht?

„Ich mache mal die Lampe aus, ja. Wir müssen sparsam mit unserer Energiequelle umgehen. Überlegen können wir auch im Dunkeln, Schatz."

Sie erwiderte nichts.

Als die Lampe erlosch, fühlte selbst Tom sich beklommen. Die Finsternis war so dick und so schwarz, so betäubend und einhüllend – als müsse man ein neues Wort dafür erfinden.

Vielleicht ist so der Tod, dachte er – aber dann schob er den Gedanken rasch von sich. Fehlte ja noch, hier mit hängenden Ohren auf das Verhungern zu warten. Nicht mit mir, Herr Fannke! Tom Conradi gibt niemals auf.

Locke lehnte sich an ihn und unterdrückte die aufsteigenden Tränen. Tapfer kämpfte sie gegen ihre Verzweiflung an. Der Hals war wie zugeschnürt. Sie dachte an ihren Vater und an Mike, an Toms Mutter und Nicki. Ob sie die jemals wiedersah?

Stille umgab die beiden als wären sie auf einem anderen Stern, fernab im Weltall. Kein Laut der Außenwelt drang herein. Aber in diesem Moment löste sich irgendwo oben ein Wassertropfen, stürzte herab und traf auf den Boden.

Beide schraken zusammen.

„Ich probier's", sagte Tom.

„Was?"

„Ich klettere hoch."

„Nein! Es ist unmöglich."

„Ich habe doch die Seile."

„Aber nichts, um sie festzumachen."

„Trotzdem."

Er stand auf und schaltete die Lampe ein, was die Beklommenheit etwas milderte.

Er leuchtete die Wände ab und wählte eine Stelle, wo Scharten und Vorsprünge das Klettern ermöglichten, freilich nur auf den ersten Metern. Weiter oben wölbte sich die Wand nach innen – nur Kriechtiere wie Tausendfüßler hätten den Aufstieg geschafft. Tom schätzte das richtig ein. Aber er konnte nicht mehr still sitzen und darauf warten, daß nichts geschah. In seinen Muskeln zuckte eine nie gekannte Unruhe.

Er löste eins der Seile von den Klettergurten und schoß es zu einem Bündel auf, das er sich diagonal *(schräglaufend)* umhängte, von der rechten Schulter zur linken Hüfte.

„Du bist mein Beleuchter, Schatz."

Locke hielt die Lampe, während er sich an den Aufstieg machte.

Langsam arbeitete er sich aufwärts. Er fand Risse und Vertiefungen, in die er sich krallen konnte. Er zog sich hoch, nutzte jeden noch so kleinen Vorsprung. Mehrmals rutschten seine Füße ab. Aber er fand immer wieder Halt.

„Siehst du, wie ich vorankomme?"

Locke antwortete nicht. Sie stand schräg unter ihm und leuchtete, so gut es ging. Sie wußte, daß er sich vergeblich bemühte.

„Bitte, komm wieder runter. Unmittelbar über dir wird die Wand wie ein Hohlspiegel."

„Wenn ich nach links ausweiche, dann. . . "

Es geschah plötzlich, und der Schreck schnitt ihm das Wort ab.

Etwa in vier Meter Höhe befand er sich jetzt. Ein griffiger Felsvorsprung, der kopfgroß aus der Wand ragte, bot sich als Halt an. Und Tom hing auch schon dran, beidhändig, und tastete mit den Zehenspitzen nach einer Vertiefung, in die er treten konnte.

In dieser Sekunde brach der Felsvorsprung ab – löste sich aus der Wand, als wäre er nur drangeklebt.

Tom stürzte. Noch hielt er den Stein in den Händen. Der

konnte Locke treffen. Tom schleuderte ihn, im Fallen, wasserwärts, krümmte sich dann und landete elastisch auf den Füßen – nur eine Unterarmlänge von einem dolchspitzen Stalagmiten entfernt.

Lockes entsetzter Schrei wurde von Wand zu Wand geworfen und schien sich hinaufzuschrauben in die Kuppel der Höhle.

„Nichts passiert! Ist noch mal gut gegangen, Locke." Tom richtete sich auf. „Sowas von morschem Gestein! Wer ahnt denn das!"

Sie trat gegen den Stalagmiten, der wie ein Eiszapfen abbrach.

„Beinahe hätte er dich aufgespießt."

„Hm, ja! Vielleicht sollte ich erstmal den Boden einebnen, bevor ich. . . "

„Nein, Tom! Nicht nochmal klettern. Es hat keinen Sinn! Zu diesem Eingangsloch kommst du nie hinauf. Aber vielleicht hört man uns, wenn wir schreien."

„Gute Idee!"

Er trat an den Rand der Wasserfläche, was etwa die Mitte war, und hielt trichterförmig die Hände vor den Mund.

„Haaaaallooooo! Hööööört ihr uns? Wir brauchen Hiiiiilfe!"

Schaurig füllten seine Vokale *(Selbstlaute)* die Höhle. Aber die Wände des Berges ließen nichts durch. Und auch das schwarze Loch dort oben schien verstopft mit Fels und Gestein. Es war entmutigend.

Wieder setzten sie sich nebeneinander, in die Decken gehüllt. Die Lampe wurde ausgeschaltet; und noch nie hatte sich Locke im Dunkeln so sehr gefürchtet. Etwas Grauenvolles schien von allen Seiten auf sie zuzuschleichen.

Verzweifelt kuschelte sie sich an Tom.

★

Auf Gunters Schreibtisch häufte sich Arbeit, und er wäre sicherlich bis Mitternacht im Pressehaus geblieben; aber Mike rief an.

„Locke ist noch nicht da", teilte er seinem Vater mit. „Ich habe bei Helga angerufen. Sie sorgt sich bereits, denn auch Tom glänzt mit Abwesenheit. Die beiden. . . rrrrrhhhhh. . . halten einen wirklich in Trab."

Gunter sah auf die Uhr.

„Gleich zehn. Daß sie nichts von sich hören lassen, ist ungewöhnlich. Gefällt mir nicht."

„Wenn mich nicht alles täuscht", mutmaßte Mike, „stochern die beiden in der Fässer-Affäre *(Affäre = Angelegenheit)* rum."

„Das ist zu befürchten. Aber da gibt's noch keine Spuren."

„Das würde ich nicht so laut sagen, Vater. Spuren gibt's bestimmt. Und wie ich unsere nimmermüde Prinzessin kenne und ihren unerschütterlichen Begleiter – also, ich könnte mir vorstellen, die haben was rausgefunden."

„Und sind, meinst du, in Schwierigkeiten?"

„Mich schaudert's noch, Vater, wenn ich an den Wirbel neulich denke, als die beiden die ganze Nacht auf dem Hochhausdach waren *(Bd. 2: Terror durch den heißen Draht)*."

„O weh!"

Auch in Gunters Erinnerung war der Schrecken frisch.

Er rieb sich die Augen, blinzelte ins Licht seiner Schreibtischlampe und fasste einen Entschluß.

„Ich hole dich ab, Mike. Dann fahren wir zu Helga. Wir haben keine Wahl. Wir müssen sie suchen, die lieben Kleinen, die so groß einsteigen in die heißen Affären, daß der Mitwelt der Atem stockt. Bis gleich."

Er drückte auf die Gabel, rief seine Liebste an und teilte ihr mit, was beschlossen war.

„Ich warte auf euch", sagte Helga. „Nicki nehmen wir auch mit, ja? Seine Spürnase hilft oft mehr als ein ganzer Polizeiapparat."

Gunter fuhr mit dem Lift in die Tiefgarage hinunter und dann mit seinem Saab heimwärts – durch die abendliche Innenstadt, die jetzt verkehrsarm und begehbar war.

Unterwegs zermarterte er sich den Kopf, wo das Pärchen zu suchen sei. Wo würden die beiden ansetzen, wo eine Spur aufnehmen?

Ihm fiel nur der Ausgangspunkt ein, die Gegend am Stadtrand zwischen Schrebergärten und Barackensiedlung. Dort hatte alles seinen Anfang genommen.

Er holte Mike ab. Sie fuhren weiter zu Helga.

Die attraktive Tierärztin wartete vor dem Haus und hatte Nicki an der Leine. Freudig begrüßte er die beiden Männer. Als Gunter von Helga geküßt wurde, versuchte Nicki, ihm das Gesicht zu lecken. Was andere taten, konnte ihm nur recht sein.

Helga trug einen schwarzen Pulli zu hellen Jeans und wirkte blaß im Laternenlicht.

„Ich wünschte", sagte sie, „die beiden wären ein bißchen ängstlicher. Dann hätten wir weniger Sorgen. Dieser Wagemut muß ja Katastrophen auslösen."

„Wahrscheinlich ist gar nichts passiert", meinte Gunter, „und das lange Ausbleiben klärt sich ganz harmlos auf."

Aber seiner Überzeugung entsprach diese Zuversicht nicht.

„Ich schlage vor", sagte er, „wir fahren zur Barackensiedlung und hören uns dort um. Vielleicht sind die Kinder abermals mit den Schlägern zusammengestoßen. Schrenk – so hieß der eine. Aber die Namen der andern fallen mir nicht ein."

„Börner und Stangl", sagte Mike. Er hatte ein Gedächtnis für Namen und wäre sicherlich imstande gewesen, das Telefonbuch auswendig zu lernen.

Gegen 22.30 Uhr erreichten sie die Schrebergärten. Die Gegend war still, niemand zu sehen. Faserige Wolken umschwammen den Mond, was sein Licht dämpfte.

Der Mücksche Garten schlief in der Sommernacht. Langsam fuhr Gunter den Rosenweg hinab. Niemand begegnete ihnen. Sie hörten nur das Zirpen der Grillen.

Jetzt rollten sie an dem letzten Garten vorbei.

Nicki, der neben Mike im Fond *(Rücksitze)* saß, begann zu knurren. Er drückte die Schnauze an die Scheibe, die spaltweit geöffnet war. Auf dem Glas schlug sich sein Atem ab.

„Er verwarnt", sagte Helga. „Da ist irgendwas."

Gunter hielt. Sie sahen zu dem Garten hinüber. Aber dort war niemand, und nichts rührte sich. Die Fenster der Laube waren dunkel.

„Vielleicht hat er eine Wildkatze gerochen," sagte Helga.

Sie hielten kurz beim Kartoffelacker, wo der Boden aufgewühlt und das Gebiet notdürftig mit Seilen abgegrenzt war. Ein Schild war angebracht – vermutlich ein Warnschild. Aber nur Eule oder Kauz hätten mit ihren Nachtsichtaugen die Aufschrift entziffern können, wären sie des Lesens mächtig gewesen.

Gunter fuhr über die Abzweigung zur Siedlung und hielt bei den Schuppen.

Helga bleib mit Nicki im Wagen. Gunter und sein Sohn stiegen aus.

Die meisten Barackentüren standen offen, Fenster ebenfalls. Lärm drang aus den Wohnungen. Kleine Kinder, die um diese Zeit längst ins Bett gehörten, hockten vor dem Fernsehapparat, um sich Spätsendungen anzusehen und ab und zu aus Papas Bierflasche zu nippen. Einige Typen hatten Klappstühle ins Freie gestellt und prosteten sich dort zu.

Gunter und Mike näherten sich einer gemischten Gruppe, die – als sie die beiden gewahrte – die Gespräche einstellte.

Gunter grüßte, fragte, ob man hier ein Pärchen mit seinen Motorrollern gesehen hätte, und beschrieb die beiden – knapp, aber anschaulich. Erklärend setzte er hinzu, die Teens hätten jemanden in der Siedlung besucht. Leider wisse er nicht, wen.

Alle bedauerten. Niemand war den beiden begegnet.

„Jetzt fällt mir ein Name ein", sagte Gunter. „Schrenk – oder so ähnlich."

„Werner Schrenk", nickte eine Frau. „Den gibt's hier. Aber er ist vorhin in die Stadt gefahren. Und so durstig wie der aussah!" Sie lachte. „Da kommt er vor morgen früh nicht zurück. Vielleicht weiß sein Freund was. Börner wohnt dort." Sie wies auf eine Baracke. „Da geht er ja. Ja, der mit dem Arafat-Bart."

Der Typ entfernte sich. Gunter und Mike holten ihn ein.

„Herr Börner!"

Er wandte sich um.

Abstoßend! dachte Gunter, als er in die kalten Froschaugen sah. Sie spiegelten Börners Charakter, mit dem er nur hinter Gittern gut aufgehoben war.

„Ja?" fragte er unwillig.

„Guten Abend! Mein Name ist Rehm. Ich..."

Verblüfft beobachtete er, wie Börner zurückprallte. Fast daß er taumelte. Beängstigend traten die Froschaugen aus ihren Höhlen. Und mitten im Schmuddelgestrüpp seines Barts stand der Mund offen.

„Äh. . . ja, bitte? Was wünschen Sie?"

Mike grinste. Glaubte Börner, sie wollten ihn vermöbeln – wegen des Überfalls auf die Kinder? Offenbar. Und das hatte der Name Rehm ausgelöst, den sich Börner wohl gemerkt hatte – seit der Begegnung mit Locke und Tom bei der Polizei.

Mike irrte. Was dem Kerl wie ein Stromschlag durch die Innereien fuhr, war eine andere Befürchtung.

Dieser Rehm! Die Stimme! Ja, das ist der Zeitungsmann, mein Vermittler. Hat der was rausgekriegt? Mich schon gefunden?

„Ich bin Nina Rehms Vater", sagte Gunter – und dachte das gleiche wie Mike. „Was sich letzte Nacht bei den Schrebergärten abspielte, hat Folgen für Sie, Schrenk und Stangl.

Aber auch das läßt sich steigern. Sollten Sie abermals was gegen unsere Kinder unternommen haben, möchte ich nicht in Ihrer Haut stecken. Haben Sie verstanden?"

Verstört schüttelte der Ganove den Kopf. „Kein Wort. Was wollen Sie von mir? Ich habe nichts unternommen."

Um die Erpressung ging es offenbar nicht, wie er erleichtert feststellte.

„Waren meine Tochter und ihr Freund heute bei Ihnen?"

„Bei mir? Neiiiiin! Warum sollten sie?"

Das klang ehrlich.

„Waren die beiden bei Schrenk oder Stangl?"

„Bestimmt nicht. Das wüßte ich. Hab meine Freunde vorhin erst gesprochen. Stangl müßte übrigens hier sein. Schrenk ist in der Stadt."

„Börner!" warnte Gunter. „Ich rate Ihnen, ehrlich zu sein. Die Polizei ist nicht gut auf Sie zu sprechen."

„Aber ich bin ehrlich! Glauben Sie mir! Ich habe weder Ihre Tochter noch den Freund gesehen."

Gunter sah seinen Sohn an. Mikes Miene drückte aus, daß er Börners Versicherung glaubte.

Gunter zog eine Visitenkarte aus der Tasche. Die Telefonnummer des TAGBLATT war angegeben, auch die Rehmsche Privatnummer. Die Karten waren druckfrisch. Gunter hatte sie erst heute erhalten. Die graphische *(zeichenkünstlerische)* Aufteilung war hübscher als bei den Visitenkarten, die er bisher verwendet hatte.

„Sie können was gutmachen, Börner, indem Sie uns verständigen, wenn Sie die beiden sehen oder von ihnen hören."

Er gab ihm die Karte. Und beinahe hätte der Ganove gesagt: Klar, mache ich, wo wir doch schon so nett miteinander telefoniert haben. Wegen des Giftfasses – Sie entsinnen sich? Und wegen der Millionenerpressung!

Selbstverständlich sagte Börner nichts dergleichen. Aber er wußte: Beim nächsten Telefonat mit diesem Rehm mußte er irgendwie die Stimme verstellen. Sonst wurde er erkannt. Daß sie jetzt anders klang, seine Stimme, als heute nachmittag beim Anruf – das lag sicherlich an dem Schrecken, der ihm nicht nur in den Knien, sondern auch in den Stimmbändern saß.

„Ja, mache ich", heiserte er. „Können sich auf mich verlassen."

Gunter nickte und wandte sich ab. Mit Mike ging er zum Wagen zurück.

Helga war nun doch ausgestiegen, weil Nicki das Bein heben mußte. Sie hatte ihn zu einem der Schuppen geführt, wo jetzt die Seitenwand tropfte.

„Ich glaube nicht, daß die Kinder hier waren", Gunter fühlte sich niedergeschlagen. „Bei der nächsten Telefonzelle rufen wir zu Hause an. Vielleicht sind sie inzwischen zurück."

Sie stiegen ein. Als sie fuhren, gaben die zerzausten Wolken den Mond frei. Silberlicht übergoß das Brachland und die Schrebergärten. Beim Kartoffelacker kamen ihnen zwei Radfahrer entgegen, die offenbar zur Siedlung wollten. Als die vorbei waren, blendete Gunter das Fernlicht auf. Es traf den letzten Garten, der vorhin Nickis Unmut erregt hatte.

Das gleiche geschah jetzt. Kaum daß sie sich näherten, knurrte der Hund. Er sprang über Mikes Schenkel zum anderen Fenster und starrte hinaus, während Mike kaum noch Platz hatte. Nickis Rückenhaar sträubte sich.

Gunter hielt.

„Das ist kein Zufall, wie Nicki sich aufführt. Da stimmt was nicht. Ich seh mal nach."

Er stieg aus. Auch Mike kletterte aus dem Wagen.

14. Tom taucht in schaurige Tiefen

Wie in einer Gruft! dachte Locke. Da kann es nicht anders sein.

Trotz der Wolldecke rannen ihr Schauer über die Haut. Die Finsternis schien wie mit Zentnergewichten von allen Seiten zu drücken.

Sie spürte Toms Arm um ihre Schultern. Daß er hier war bei ihr, bedeutete viel und war Trost. Hier allein zu sein – der Gedanke war entsetzlich. Sie wußte nicht, was sie getan hätte. Bestimmt wären Furcht und Beklommenheit noch größer gewesen – falls sich das, was sie jetzt empfand, überhaupt steigern ließ.

„Schläfst du?" fragte er leise.

„Wie könnte ich."

„Nach dem Betäubungsmittel, das der uns eingeflöst hat, wäre es nicht verwunderlich."

„Müde bin ich überhaupt nicht. Auch nicht mehr benommen. Das macht bestimmt die Aufregung. Die pumpt Wachheit ins Blut und wirkt wie fünf Kannen Tee."

„Pfefferminztee?"

„Schwarzer Tee, natürlich! Himmel, den hätte ich jetzt gern."

„Bist du durstig?"

„Nein."

„Und an Munterkeit fehlt's nicht. Weshalb willst du dann Tee?"

„Eigentlich nur, Tom, weil ich ihn hier nicht haben kann und vielleicht niemals mehr bekomme. Alles, was mein Zuhause, meine Familie, unsere Clique ausmacht – alles finde ich herrlich. Die Welt draußen ist herrlich. Alles ist herrlich. Nur diese verdammte Höhle nicht."

„Stimmt. Das heißt, wäre ich hier, um sie zu erforschen, würde sie mir vielleicht gefallen. Allerdings müßte der Rückweg gesichert sein."

„Bestimmt ist diese Höhle völlig unbekannt. Oder hast du schon davon gehört?"

Er verneinte.

„Das bedeutet", fuhr Locke fort, „hier kommt niemand her. Und der Eingang ist verschlossen, sonst wäre ein Lichtschimmer zu sehen oder ein Lufthauch zu spüren."

„Hm." Er atmete tief. „Die Höhle erforschen! Das ist es. Da, Locke, liegt der Hase im Pfeffer. Ich werde es versuchen."

Er knipste die Lampe an und sprang auf die Beine.

„Erforschen? Was willst du hier erforschen, Tom?"

Er trat an den Rand der Wasserfläche und beugte sich vor. Ihm war, als blicke er auf schwarze Tinte. Die Fläche war nicht viel größer als ein mittlerer Swimmingpool.

Er kniete nieder und tauchte eine Hand ins Wasser.

„Scheißkalt."

Er schöpfte eine Handvoll, roch daran und kostete.

„Du, das ist kein bißchen brackig, sondern frisch, fast wie Quellwasser."

„Vielleicht sogar eine Heilquelle – und angezeigt bei Gallensteinen oder Verstopfung. Aber uns nützt das nichts."

Er schob den Arm ins Wasser, um nach dem Grund zu tasten, fühlte aber nichts. Offenbar fiel der Fels hinter der Uferkante steil ab.

„Das scheint ein Trichter zu sein", meinte er, „und der ist wahrscheinlich sehr tief. Aber das Wasser ist frisch. Und es kommt irgendwoher. Da muß ein Zulauf sein, eine Röhre."

„Die Oberfläche bewegt sich doch gar nicht."

„Das könnte bedeuten, daß in der Tiefe Wasser abfließt und Wasser zufließt. Das hält sich im Gleichgewicht, und hier oben merkt man nichts davon. Aber dieser See ist unten offen."

Sie zog die Decke enger um sich.

„Komm, setz dich wieder her."

„Eine Röhre, Locke, führt hinaus."

„Bestimmt suchen unsere Leute längst nach uns. Und spätestens nach Mitternacht wird die Polizei alarmiert."

„Wenn die Röhre nicht zu eng ist, Locke, und nicht zu lang, könnte man sie durchtauchen."

„Bist du übergeschnappt?"

„Ich probier's."

„Um Himmels willen! Du hast einen Höhlenkoller. Ich dachte, es gibt nur einen Höhenkoller. Aber. . . "

Sie sprach nicht weiter. Fassungslos sah sie, daß er ernst machte. Er streifte das T-Shirt ab, zog Turnschuhe und Socken aus, dann auch die Jeans. Seine karierte Unterhose war wie eine Badehose geschnitten.

„Tom! Spinn nicht! Das lasse ich nicht zu. Du ertrinkst. Du erstarrst. Du verklemmst dich zwischen Felsen und kommst elend um. Wahrscheinlich lauert in der Tiefe ein Ungeheuer, ein Krake. Zieh dich an! Du bleibst."

Sie war aufgesprungen. Ihre Stimme kickste – wie immer bei großem Entsetzen oder ehrlicher Empörung.

Lächelnd küßte er sie auf die Nasenspitze.

„Du sollst sehen, mein Liebling, das wird gar nicht schlimm. Ist nur eine Frage der Nerven. Man darf sich nicht gruseln vor diesem schwarzen Loch. Die Kälte könnte verhängnisvoll werden. Aber ich bleibe ja ohnehin nur solange, wie die Puste reicht."

„Tom, bitte nicht!"

„Es muß sein. Es ist. . . "

Er wollte sagen:. . . unsere einzige Chance, verschluckte das aber, um ihr das Herz nicht noch schwerer zu machen.

„Keine zehn Pferde, Tom, kriegen mich da rein – nicht mal zehn Seepferde."

„Wir machen es so, daß du mich an der Leine hältst, ja. Ich binde mir das Seil um. Du läßt das andere Ende nicht los. Wenn ich rucke, brauche ich deine Hilfe. Dann ziehst du."

„O Gott!"

„Ist doch nur eine Vorsichtsmaßnahme."

Er griff nach dem Seil, legte sich eine Schlinge um die Hüften und machte einen lockeren Knoten. Locke hielt die Taschenlampe, mit der anderen Hand das Ende des Seils. Sie war innerlich aufgewühlt. Vornehmlich pumperte ihr Herz gegen die Rippen.

Tom kniete an der Kante, schöpfte Wasser und kühlte sich ab. Es war wirklich saukalt. Er fing schon jetzt an zu bibbern.

„Mach dir keine Sorgen", schnatterte er, „wenn ich nicht sofort wieder da bin. Wie du weißt, kann ich sehr lange tauchen. Bis gleich, also!"

Er stieg über die Kante. Die Kälte war wie ein Schock.

Verzerrt grinste er Locke an, während er die Lungen mit Luft füllte. Dann ließ er sich absinken.

Für einen Moment glaubte er, die Kälte ersticke ihn. Sie schien seine Brust einzudrücken und lähmte die Muskeln.

Nur für eine Minute, dachte er. Höchstens.

Dann stieß er den Kopf abwärts und strebte mit kraftvollen Stößen in die schwarze, schaurige Tiefe.

★

Bei der Gartenpforte riß Gunter ein Streichholz an. Es beleuchtete ein kleines Messingschild, auf das der Name des Besitzers geprägt war: ERICH GOLDMANN

„Von dem hat Locke erzählt", sagte Mike, der jetzt hinzu trat. „Das ist der mit dem Dachschaden. Spielt zwar Krieg und wittert überall Feinde, scheint aber harmlos zu sein."

Sie hörten, wie Nicki im Wagen knurrte. Aufmerksam verfolgten die Blicke des treuen Vierbeiners ihren Weg.

Gunter öffnete die Pforte und trat in den Garten.

Soviel im Mondlicht zu erkennen war, hielt Goldmann nichts von Gewürz- oder Blumenbeeten. Die Natur bestimmte, was hier wuchs, und deshalb gedieh in erster Linie Unkraut. Ein Wall aus Brennesseln umgab die Laube. Nur zum Eingang hin war ein Pfad frei getrampelt.

Sie spähten umher. Nichts schien ungewöhnlich.

Sie näherten sich der Laube – und in diesem Moment hörten beide das Stöhnen.

Es kam aus der Laube und klang sterbensmatt.

Sie zögerten keine Sekunde, sondern rannten zum Eingang.

Das Stöhnen war verstummt. Gunter drückte auf die Klinke. Die Tür gab nach, stieß aber, als er sie halb geöffnet hatte, gegen ein Hindernis, das auf dem Boden lag.

Gunters Zündholz beleuchtete einen spitzbärtigen Mann. Er lag auf dem Rücken. Die Augen waren verdreht. Der aufgerissene Mund rang nach Luft. An der Brust war das Hemd geöffnet. Blasen bildeten sich dort, wässerige Blasen und Beulen auf der Haut, als hätte der Mann Pest und Pocken und andere längst überwundene Krankheiten. Auch von den nackten Unterarmen schien sich die Haut abzulösen.

„Um Himmels willen!" flüsterte Mike entsetzt. „Was ist denn mit dem?"

„Er ist bewußtlos. Wir. . . " Gunter stockte.

Sein Blick war durch den Raum gewandert. Waffen aller Art füllten ihn.

In dieser Sekunde erlosch die Zündholzflamme.

Aber Gunter hatte gesehen, was hinten in der Ecke lag. Sofort strich er ein neues Zündholz an.

„Mike, dort!"

Er deutete auf das Faß.

Es war nicht übermäßig groß. Ein kräftiger Mann konnte es tragen. Rost und Erdreste bedeckten das Metall. Aber an einigen Stellen schimmerte bunte Farbe durch.

„Ist das ein. . . XT 44-Faß?" Mike spürte, wei ihm Schauer über den Rücken liefen.

„Garantiert. Und dieser armselige Trottel hat es aus dem Acker geklaut. Faß an! Wir bringen ihn ins Freie."

Sie trugen ihn hinaus, vermieden es aber, die infizierten *(von Krankheit angesteckt)* Körperstellen zu berühren.

Helga ließ Nicki im Wagen und kam herbei, um sich des Kranken anzunehmen. Helfen konnte sie ihm freilich nicht.

Mike fuhr zum Meisenweg, wo eine Telefonzelle war. Er verständigte den Notarzt und drückte aus, daß es sich vermutlich um eine Verätzung mit dem berüchtigten XT 44 handelte. Man sagte ihm, der Notarzt käme sofort und für die Aufnahme des Verunglückten werde im Hospital alles vorbereitet.

Währenddessen hatte Gunter das Faß untersucht – mit gebotener Vorsicht.

Es war geschlossen, wie er feststellte. Vermutlich handelte es sich um jenes, mit dem Mäxchen gespielt hatte. Irgendwo mußte eine undichte Stelle sein, durch die mikroskopisch kleine Tröpfchen herausgetreten waren. Das hatte genügt, um Goldmann in diesen lebensbedrohlichen Zustand zu bringen.

Mike kehrte zurück und sagte, er hätte auch die Polizei verständigt.

Wenig später kam der Krankenwagen. Goldmann wurde mit Sauerstoff versorgt, und ab ging's mit heulender Sirene.

Gleichzeitig mit der Polizei trafen Spezialisten vom Katastrophenschutz ein. Scheinwerfer tauchten Goldmanns Schrebergarten in kalkiges Licht. Das Faß wurde geborgen, dann die Tür der Laube versiegelt. Später wollte man die Bude abbrechen und vernichten, denn ihr Inneres war ohne Zweifel von XT 44 verseucht.

Mit nur geringer Verspätung erschien der Polizeipräsident auf der Bildfläche.

„Dieser vertrackte Fall führt uns immer wieder zusammen, lieber Zeilenschinder", meinte er lächelnd zu Gunter, nachdem er Helga mit Handkuß begrüßt hatte. „Was meinen Sie: Ist Goldmann der Erpresser?"

Gunter lächelte milde. „Das halte ich für ausgeschlossen, verehrter Obergendarm. Mein Anrufer wußte, was er wollte, und war zielbewußt. Von Herrn Goldmann läßt sich das nicht behaupten, wie ich höre. Er soll ein Wirrkopf sein mit erheblichen Bewußtseinslücken. Zwei Fässer fehlen. Eins hatte Goldmann. Das andere hat der Erpresser. Leider immer noch."

★

Tom hatte keine Ahnung, wie tief er war. Vier Meter? Fünf Meter? Die Kälte schien bis in den Kern des Körpers zu dringen, als bilde sich Eis in allen Organen. Um ihn war Schwärze, der schwache Schimmer der Taschenlampe längst nicht mehr wahrnehmbar.

Noch reichte die Luft.

Wie tief ist dieser Schlund? überlegte er. Tiefer als ich tauchen kann, dann. . .

Schmerzhaft schrammte seine Schulter über Fels.

Aber das war nicht der Grund des Gewässers, sondern eine Seitenwand. Sie trat hervor. Verjüngte sich der Schlund? Hatte er tatsächlich, wie Tom vermutete, die Form eines Trichters?

Seine Lungen brannten. Bald mußte er auftauchen.

In diesem Moment spürte er die Bewegung des Wassers.

Einbildung? Nein. Sein Körper wurde umspült. Da war ein Sog von links, und aus entgegengesetzter Richtung erfolgte Druck.

Also doch? Dieser unterirdische See hatte Zu- und Abfluß.

Daß er, Tom, nicht in die Quelle hineintauchen konnte, war klar. Die kam sicherlich – aus unendlicher Tiefe, aus dem Erdinnern, aus Gesteinsschichten, die Erdgeschichte gemacht hatten.

Aber der Abfluß – wohin führte der? Auch in die Tiefe?

Oder?

Feurige Kreise erschienen vor seinen Augen, begannen sich zu drehen und wurden immer schneller.

Es war höchste Zeit, aufzutauchen.

Er machte kehrt. Beinahe hätte er sich im Seil verheddert. Er strebte aufwärts. Fürchterlicher Druck schien seine Lungen zu sprengen. Er starrte hinauf. Dort war nur Schwärze. Hatte Locke die Lampe ausgeschaltet? Dann bemerkte er den Schimmer. Im nächsten Moment brach er durch die Wasserfläche wie ein auftauchendes Ungeheuer, riß den Mund auf und japste nach Luft.

Locke stand am Rand, hielt die Lampe und Seil und blickte aus großen Augen.

„Gott sei Dank, Tom! Ich bin fast gestorben vor Angst."

Er schwamm an die Kante und kletterte hinaus. Seine Zähne klapperten. Er rang noch nach Luft, streifte das Wasser mit den Händen ab und hüllte sich in eine der Decken.

„Ich. . . habe mich nicht geirrt, Locke. Unten wird der Tümpel gespeist, und es ist auch ein Abfluß da. Himmel, ich brauchte eine Unterwasserlampe. So geht's zu wie bei den Maulwürfen."

„Na, schön. Alles fließt – wie schon die alten Griechen sagten – also auch das Wasser. Was nützt uns das?"

„Auf jeden Fall werde ich den Abfluß erkunden. Ich weiß jetzt so ungefähr, wo das ist. Indem ich schnurstracks dorthin tauche, gewinne ich Zeit."

„Aber du willst nicht in diesen Abfluß hineintauchen?"

„Nur so weit, daß die Luft noch zum Umkehren reicht."

„Aber wirklich keinen Meter weiter!"

„Ich bin doch nicht lebensmüde."

„Na, ich weiß nicht. Was du anstellst, bewegt sich jenseits von Mut und Kühnheit. Es sieht schaurig aus, wenn du abtauchst. Als hätte ein Ungeheuer seinen Rachen aufgesperrt – und du schwimmst ihm zwischen die Zähne."

„Meine klappern nicht mehr", stellte er fest. „Ich pack's nochmal."

„Die Batterie wird immer schwächer", sorgte sich Locke. „Wenn wir im Dunkeln sitzen – was dann?"

Er antwortete nicht, warf die Decke ab und glitt wieder ins

Wasser. Er hatte gehofft, er wäre jetzt an die Kälte gewöhnt. Aber sie war so lähmend wie zuvor.

Er pumpte die Lungen voll, tauchte und strebte hinab, so schnell er konnte.

In kürzerer Zeit als beim ersten Mal erreichte er die Stelle, wo sich die Felswand einwärts buckelte. An glitschigem Gestein zog er sich abwärts. Jetzt spürte er den Sog. Er tauchte nach links, schwamm unter den Felsbuckel, schwamm weiter und weiter, aber nicht mehr abwärts, sondern in waagerechter Wasserlage. Wohin?

Plötzlich hatte er das Gefühl, eingeengt zu sein.

Er streckte einen Arm nach oben. Seine Finger berührten Fels, sein linker Fuß stieß gegen Gestein.

Er schwamm nach rechts, wollte das jedenfalls, und schurrte mit der Schulter über marmorglatten Felsen.

Ohne Zweifel – er befand sich in einer Röhre, in einem Abflußkanal, den die Natur gefräst hatte in Jahrmillionen.

Das Wasser floß jetzt schneller. Der Sog wurde stärker.

Umkehren!

Die Luft war verbraucht. Die Brust schien sich zu verengen. Ihm war, als presse eine Riesenfaust ihn zusammen. Und wieder tauchten die feurigen Kreise auf, schienen aus der Schwärze des Wassers auf ihn zuzukommen.

In diesem Moment begriff er, daß er den Rückweg nicht schaffen konnte. Zu spät – er hatte sich verrechnet.

Ein grausiger Fehler, obschon er Tom nicht anzulasten war. Denn woher sollte er wissen, daß sich körperliche Reserven unter diesen Bedingungen, nämlich im eisigen Wasser unterirdischer Höhlen, blitzartig verbrauchen und der Zusammenbruch eintritt, ohne sich anzukündigen.

Angst würgte ihn. Die Lungen schienen zu bersten. Vor den Augen flammte eine Feuerwand auf.

Rückkehr war unmöglich. Also weiter! Wohin der Sog ihn auch führte. Für eine Handvoll Sekunden reichte die Kraft noch.

15. K.o. im Bierbrunnen

Schrenk war mit sich unzufrieden. Die verpatzte Erpressung wurmte ihn. Freilich – was diesen Fannke betraf, da war noch nicht aller Tage Abend. Aber hatte der wirklich was auf dem Kerbholz? Oder war er unantastbar – und die beiden Ganoven Kappold und Lehmann hatten sich lediglich seinen Laster ausgeliehen, heimlich?

Schrenks Mißmut brauchte Bewegung. Schrenk war in die Stadt gefahren, hatten den Abend verbummelt und sich von Kneipe zu Kneipe vorangearbeitet.

Inzwischen wußte er nicht mehr, wo er sein Motorrad geparkt hatte. Aber das war auch nicht wichtig. An dem Blechhaufen vergriff sich niemand.

Er hielt sich nirgendwo lange auf, trank hauptsächlich Schnäpse, bekam zwischendurch Hunger und vertilgte irgendwo ein Goulasch. Es war so scharf, daß auf den Lippen Bläschen blühten und sich die Zunge rollte. Aber ihm schmeckte es. Er bestellte eine zweite Portion.

Dann bemerkte er den Typ, einen klotzigen Kerl mit Warzen im Gesicht. Er kannte ihn nicht, obschon ihn Gestalt und Bewegung an irgendwen erinnerten. Warzengesicht äugte verstohlen zu ihm her. Schrenk tat, als merke er nichts.

Der andere saß drei Tische entfernt und schielte jetzt zum xten Mal über den Rand seiner Zeitung.

Was will der? Verdammt! Verwechselt der mich?

Das Goulasch hatte ihn beinahe ausgenüchtert. Seine Sinne funktionierten – die Sinne des Ganoven, der ständig auf der Hut sein muß.

Er winkte der Bedienung, bezahlte und ging in den Abend hinaus.

Laue Luft wehte ihn an. Über den Himmel in Richtung Flughafen brummte ein Jumbo-Jet. Sein Buglicht blinkte. Und Dutzende von Passagieren freuten sich sicherlich, bald wieder festen Boden unter den Füßen zu haben.

Schrenk schlenderte weiter. Kneipe reihte sich hier an Kneipe; am nötigen Kleingeld mangelte es ihm nicht, und die Nacht war noch lang.

Nach 50 Metern etwa blieb er vor einem Porno-Schuppen stehen, um sich an den Bildern zu ergötzen, scheinbar. In Wahrheit wollte er unauffällig hinter sich blicken.

Und richtig! Da war das Warzenschwein. Plump erging sich der Kerl auf seiner Spur, lustwandelte wie ein Müßiggänger, den nur Schaufenster interessierten, flanierte durch den Abend und benahm sich so unauffällig wie jemand, der maskiert eine Bank betritt.

Er folgt mir! Schrenk war alarmiert. Zufall ist das nicht. Was will er? Mich ausrauben?

Er sah an sich hinunter. Zwar trug er noch seinen schnieken Anzug, den er für den Besuch bei Fannke angelegt hatte, aber selbst in dieser Feiertagskluft wirkte er wie das, was er war: ein arbeitsscheuer Ganove, der zwar von Reichtümern träumte, aber keine besitzt.

Nee! sinnierte er. Wenn's dem um meine Brieftasche geht, wäre er mit dem Klammerbeutel gepudert. Also will er was anderes. Was? Kreuzitürken! Ist das etwa Fannkes Kettenhund?

Er bummelte weiter, bewegte den Gedanken im Gehirn und erwärmte sich daran.

Wäre toll! dachte er. Dann stimmte ja alles, was ich mir zusammengereimt habe. Fannke hat Dreck auf seiner weißen Weste und jetzt Muffengang *(Herzklopfen)*, weil ich ihm im Genick sitze. Deshalb schickt er einen Schläger hinter mir her und. . .

Er blieb stehen, als hätte er sich die Nase plattgedrückt an einer unsichtbaren Wand, und stieß einen Pfiff aus.

Ein Mädchen, das vor ihm ging, drehte sich um. Es war wasserstoffblond, trug sehr hohe Absätze und einen hautengen Rock. Erfreut lächelte sie ihn an, glaubte sie doch, der Pfiff hätte ihr gegolten. Ihr Gesicht war stark geschminkt.

SEX
SHOW

Doch man sah, daß sie den 50. Geburtstag hinter sich hatte. Mädchenhaft war sie nur von hinten.

„Hallooooh!" flötete sie.

„Geh weiter!" knurrte er. „Bist nicht gemeint."

Sie nahm das gelassen hin, und er konzentrierte sich wieder auf seine Erkenntnis.

Also kenne ich ihn doch! dachte er. Natürlich! Im Mondlicht war das Gesicht nicht zu sehen – aber die plumpen Bewegungen waren mir doch gleich so vertraut. Das ist einer der beiden: Kappold oder Lehmann?

Fannke läßt mich beobachteten, dachte er. Also fürchtet er mich. Ganz richtig, mein Bester! Dazu hast du Grund. Jetzt gibt's doch noch den Aderlaß, den finanziellen! Und Werner Schrenk wird den Preis erhöhen. Mit 20.000 geht nichts mehr. Das Sümmchen wird verdoppelt.

Der Gedanke beflügelte ihn. Sein Schritt wurde elastischer. Er grinste bis zu den Ohren. Leute, die ihm entgegen kamen, hielten ihn für betrunken oder manoli*(bescheuert)*.

Er ging mehrere Straßen weit, spürte anfangs den Verfolger hinter sich, aber dann nicht mehr. Und tatsächlich – Warzengesicht war verschwunden.

Wahrscheinlich rief er seinen Chef an und erstattete Bericht.

Schrenk hatte Durst. Ganz plötzlich klebte ihm die Zunge am Gaumen. Das lag wohl am Goulasch.

In einer Seitenstraße entdeckte er einen Stehausschank. BIERBRUNNEN nannte sich der häßliche Laden. Es gab brusthohe Plastiktische, auf denen Bierlachen lächelten, und eine Theke mit einem schwarzhaarigen Fremdling dahinter. Er sprach nur gebrochen Deutsch, konnte aber Bier zapfen und erstattete das Wechselgeld auf den Fünfer genau.

Mit seinem Glas stellte sich Schrenk an einen der Tische, nahe beim Fenster.

Im Moment war er der einzige Gast. Aber jetzt wurde die Schwingtür aufgestoßen.

Warzengesicht?

Schrenk atmete auf, als er sah, daß es ein anderer war. Denn so nah wünschte er sich den Beschatter nun doch nicht.

Der Typ, der jetzt hereintorkelte, hatte einige Schnäpse zu viel geladen, war aber freundlich wie ein Gitarrist bei der Heilsarmee. Jedenfalls grinste er unentwegt. Er verlangte ein großes Bier, ein ‚schönes Bier', gab soviel Trinkgeld, daß sich der Büfettier *(Bierzapfer)* dreimal bedankte, und nahm durstig den ersten Schluck.

Schlingernd näherte er sich dem Tisch, an dem Schrenk stand.

„Ha. . . Ha. . . llo, Kumpel."

Er stellte sich ihm gegenüber und setzte sein Glas ab.

Schrenk grinste. „Na, geht's noch?"

„Sicher. . . Klar!. . . Ha. . . be heute 'nen Glückstag."

„Gratuliere."

„Danke! Prost!"

Es war ein stabiler Typ mit bleichem Gesicht und blassen Fischaugen. Aus der Nähe sah er nicht sehr betrunken aus – aber jetzt schielte er, als säße ein Maikäfer auf seiner Nasenspitze.

Schrenk prostete ihm zu.

„. . . 'nen Glückstag", lallte der Betrunkene.

„Aha."

„Willste nicht wissen, warum?"

„Na?"

Aber der Glückliche trank erst noch und hatte dann einen Schnurrbart aus Bierschaum.

„Meine. . . Alte ist abgehauen", lallte er.

„So? Sie taugte wohl nichts?"

„Nichts!"

„Und wenn sie zurück kommt?"

„Kommt. . . sie nicht. Und. . . wenn doch. . . ", er fuchtelte in der Luft herum, „schmeiße ich sie raus. Prost."

Schrenks Glas war halb leer. Er bedeutete dem Zapfer, das nächste zu beginnen.

„Heh. . . ", nuschelte der Betrunkene. Er blickte an Schrenk vorbei durchs Fenster. „Was will'n der?"

Schrenk drehte sich um und sah gerade noch, wie Warzengesicht am Fenster vorbeihuschte.

War er also wieder da, der Beschatter. Schrenk überlegte. Solllte er ihn zum Bier einladen? Wäre witzig, aber wohl doch nicht so angebracht.

Er wandte sich seinem Glas zu, trank es auf einen Zug leer und beobachtete grinsend, wie sich der Betrunkene an der Tischkante festhielt.

Einige Augenblicke vergingen. Dann hob der Betrunkene den Kopf. Er schielte nicht mehr. Seine Augen waren klar und eiskalt. Er stand aufrecht, und die Unsicherheit war verflogen wie der Hauch eines billigen Parfums.

Der ist ja gar nicht. . . , dachte Schrenk. Im selben Moment trübte sich sein Blick. Was er sah, verschwamm, als wallten Nebel vor den Augen. Eine unsichtbare Hand drückte auf sein Gehirn, und er spürte noch, wie ihm die Knie wegsackten und er zu Boden stürzte.

Aber er schlug nicht auf.

Wie ein Wiesel sauste Lehmann um den Stehtisch herum. Sozusagen im Flug erwischte er den Bewußtlosen. Schrenk wurde auf Lehmanns Schulter gehievt.

Offnen Mundes glotzte der Büfettier.

Drohend wies Lehmann auf ihn.

„Du nix gesehen. Du nix wissen! Sonst du. . . grrrrrggggh!"

Mit flacher Hand fuhr er sich über die Kehle. Dann rannte er hinaus, den Bewußtlosen auf der Schulter.

Verständnislos sah der Bedrohte ihm nach. Er hatte tatsächlich nichts gesehen, jedenfalls nicht, wie Lehmann blitzartig K.O.-Tropfen in Schrenks Glas kippte. Achmed strich Schaum von dem halbgefüllten Bierglas und hoffte, daß bald

ein neuer Gast käme. Im übrigen ging ihn das alles nichts an. Er hatte andere Sorgen.

Draußen stieß Kappold die rechte Hintertür von Lehmanns Wagen auf, und der Bewußtlose landete im Fond, ehe irgendwer aufmerksam wurde.

„Ging wie geschmiert.“ Lehmann blickte umher. Aber sie hatten keine Zeugen.

„Der Chef wird sich freuen“, brummelte Kappold. „Wir sind unser Geld wert, was!“

Lehmann setzte sich hinters Lenkrad. Kappold stieg hinten ein, schob den Bewußtlosen in eine Ecke und rückte ihn so zurecht, daß es wirkte, als schliefe er.

„Ab mit ihm in die Höhle!“ Lehmann ließ den Wagen an.

★

Der Sog zog ihn. Mit verzweifelten Schwimmstößen half er nach. Finsternis umgab ihn – in diesem unterirdischen Kanal, den das Wasser füllte wie einen Schlauch. Toms Gedanken verwirrten sich. Rote Flammen schienen in seinem Gehirn zu lodern, dem Atemluft, Sauerstoff fehlte.

Locke! dachte er. Wie soll sie ohne mich. . .

Er fühlte: Nur Sekunden trennten ihn von der Ohnmacht.

Seine Hände stießen gegen Stein, dann seine Beine. Aber über ihm war Platz.

Er streckte sich. Ein Beinschlag trieb ihn aufwärts. Sein Kopf stieß durch die Wasserfläche – war über dem Wasser, im Freien, in Luft, Luft, Luft!

Er riß den Mund auf, schnappte danach, gurgelte, sank zurück, ging unter, kam abermals an die Oberfläche und atmete und atmete.

Mein Gott! Er zitterte. Seine Lungen schmerzten. Aber er lebte. Die feurigen Halluzinationen flohen aus seinem Kopf, und Gedanken formten sich.

Gerettet in letzter Sekunde! Ein wiedergeschenktes Leben!

„Danke, Schutzengel!" sagte er laut. „Aber bitte nie wieder so knapp. Das geht nämlich an die Nieren."

Er horchte. Wiederhall? Nein. Seine Stimme grummelte tief, als spräche er in ein Kissen. Hm? Wo war er denn hier? In einer Nebenhöhle? Er sah auch jetzt nicht die Hand vor Augen. Aber soviel war klar: Der durchtauchte Kanal verband dieses Gebilde hier mit dem Trichtersee nebenan. Doch der Kanal lag tiefer, bildete ein U–förmiges Rohr und war deshalb randvoll, wie es eben manche Kanäle so an sich haben.

„Drei Meter länger – und ich wäre ersoffen."

Er sprach laut. Das gab Mut.

Aber wie ging es weiter?

Er hob einen Arm – und stieß gegen Fels.

Hm! Soviel Kopffreiheit wie in einem Sarg.

Er schwamm umher und erkundete die Ausmaße der Höhle.

Sie war klein, eher nur ein Loch; und wenn er weiter so schnaufte, hatte er das Luftpolster bald weggeatmet.

Plötzlich wurde ihm bewußt, daß auch hier das Wasser in eine Richtung floß.

Vorsichtig schwamm er mit. Nach wenigen Metern spürte er einen Ruck um die Mitte. Das Seil! Weiter reichte es nicht. Und Locke hielt noch immer das Ende fest.

Er überlegte. Dann löste er den Knoten, und Fannkes Bergseil sank unter ihm weg.

Er folgte dem Abfluß, tauchte aber nicht, sondern blieb mit Mund und Nase in der Luft. Und plötzlich spürte er den Hauch.

Luft! Frische Luft. Sie wehte ihn an. Nicht gerade heftig, doch immerhin. . . Was war das?

Vor ihm schimmerte Grau, ein meterlanger Strich Grau, ein flacher Rundbogen, fußhoch etwa.

Grau! Nicht Erdinnern-Schwarz! Grau! Das bedeutete Licht!

Helligkeit! Es war das strahlendste Grau seines Lebens.

Er schwamm darauf zu, erreichte die Stelle, wo das Wasser als sogenannter Drei-Herren-Stein-Quell den Berg, die Hohe Klippe, verläßt, und stieß sich fürchterlich den Kopf.

Der Spalt, durch den das Wasser ins Freie sprudelte, war zwar einen knappen Meter breit, aber weniger als halb so hoch.

Ohne Zweifel: Der Berg spitzte die Lippen. Deshalb blubberte das Wasser. Zwischen ihm und der oberen Kante war eine Handbreit Luft.

Tom spähte hinaus in die Nacht, erkannte Bäume und Sträucher, konnte nicht fassen, was er sah, und fühlte sich unendlich erleichtert.

Mühsam zwängte er sich durch den Spalt.

Das Wasser stürzte einen Meter tief in ein Felsbecken, von der Natur geformt, mannstief und knallvoll.

Auch Tom fiel hinein und büßte noch etliche Hautlappen ein – an Knien und Ellbogen. Aber was machte das? Er war so dankbar. Beinahe hätte er lauthals einen Choral *(Kirchenlied)* angestimmt.

Er stieg an Land. Wie laut die Nacht war! Er sah Sterne, den Mond, hohe Berge ringsum, mit steiler Wand über ihm dichte Büsche und Tannen dahinter. Er rupfte trocknes Gras und rubbelte sich damit ab. Den Rest würde der Wind trocknen. Die nasse Unterhose zog er aus, wußte er doch, wie schnell man sich mit nassen Textilien erkältet.

„Und wo sind wir hier?" murmelte er.

Dann entdeckte er die Bank. Sie stand bei den Büschen. Und am nächsten Baum hing ein Schild. Als er ganz nahe trat, konnte er die schwarze Schrift auf weißem Grund entziffern.

Drei-Herren-Stein-Quelle

Aha! Also war er im Klippental.

Aber wo, zum Teufel, gab es hier eine Höhle?

Mehr als einmal hatte er das Klippental besucht – als Pfadfinder mit seiner Gruppe, später mit seiner Mutter, einmal mit der Schulklasse – und überhaupt! Hier kannte er sich aus. Aber nie hatte er eine Höhle betreten, nie von ihr gehört.

Aber das ist ja der Witz! dachte er. Niemand kennt die Höhle. Deshalb hat uns Fannke dorthin gebracht. Hat uns unter der Erde begraben, wo niemand uns findet. Hoffentlich finde ich den Eingang. Sonst müßte ich durchs Wasser zurück. Gegen den Strom. Bliebe das der einzige Weg – herrje, wie kriege ich Locke dann raus? Sie schwimmt zwar recht gut. Aber so weit kann sie nicht tauchen.

Er machte sich auf die Suche.

Ein Wildwechsel führte dicht an der Felswand entlang, zunächst aufwärts, dann geradeaus und ohne Höhenunterschied.

Hier mußte irgendwo der tunnelartige Einstieg sein, den sie beide aus der Tiefe der Höhle gesehen hatten.

Barfuß tappte er über Stock und Stein, über Disteln und scharfkantigen Kies. Er lief sich die Füße wund, fand aber keinen Eingang zur Höhle.

Immerhin – das Mondlicht beschien den Fels. Meter um Meter begann er jetzt, die Wand abzusuchen. Dahinter und tief unten lag die Höhle. Aber wo war der Einstieg?

Plötzlich flammte Licht auf. Es war auf ihn gerichtet, traf ihn aber von hinten, denn er war dem Fels zugewandt.

„Stehenbleiben!" befahl eine harte Stimme. „Keine Bewegung!"

Dann schwankte die Taschenlampe. Der Mann trat näher.

„Sie sind ja nackt", stellte er verwundert fest.

„Aber meine Unterhose", sagte Tom, „die ich zur Badehose umfunktioniert habe, ist fast wieder trocken. Gestatten Sie, daß ich mich bedecke?"

Er schlüpfte hinein.

Unverwandt blieb der Lampenstrahl auf ihn gerichtet.

„Ziemlich schlau!" sagte der Mann. Es klang böse. „Aber

der Trick zieht bei mir nicht. Auch ein Nackter kann Schlingen legen und erdrosseltes Wildbret einsammeln. Nicht wahr?"

Tom hatte sich umgedreht. „Was meinen Sie?"

Verblüfft stellte er fest, daß blauer Stahl im Lampenlicht glänzte. Ein Gewehrlauf war auf ihn gerichtet.

„Ach, ein Jugendlicher. Pfui, Teufel! Hast du kein Mitleid mit den Tieren?"

Tom blinzelte. „Ich verstehe nur Bahnhof. Im übrigen habe ich sehr viel Mitleid mit Tieren. Ich bin Mitglied beim Tierschutzverein, und ich liebe meinen Hund. Verdammt, nehmen Sie die Knarre weg! Was ist eigentlich los? Halten Sie mich für einen Wilddieb?"

„Du bist der Schlingenleger! Deinetwegen habe ich mir manche Nacht um die Ohren geschlagen. Aber das ist jetzt vorbei."

Tom stöhnte. „Kaum hat mich die Welt zurück, passiert mir das? Herr Forstrat, ich bin ziemlich geschlaucht! Trampeln Sie nicht noch auf meinen Nerven herum. Ich brauche Hilfe, denn ich muß meine Freundin befreien. Daß Sie hier sind, verdanke ich sicherlich meinem Schutzengel. Der macht heute Überstunden. Hoffentlich ist das auch da oben", er wies himmelwärts, „tariflich *(nach festgelegtem Lohn)* geregelt. Übrigens heiße ich Engelbert Conradi, werde aber Tom genannt. Wer sind Sie?"

Knurrig nannte Brettschneider seinen Namen. Er war verunsichert. Mit einem nackten Schlingenleger, noch dazu mit einem so jungen, hatte er nicht gerechnet.

„Herr Brettschneider! Als Revierjäger wissen Sie hier Bescheid, nicht wahr? Wo ist die Höhle?"

„Höhle? Hier gibt's keine Höhle."

Tom klatschte an die Felswand. „In der Hohen Klippe ist eine tiefe Höhle. Ich war eben drin."

„Willst du mich auf den Arm nehmen?"

„Meine Freundin ist *noch* drin." Tom hob die Stimme.

„Und wahrscheinlich halbtot vor Angst. Verdammt! Wir müssen sie rausholen, bevor sie völlig verzweifelt."

Brettschneider senkte die Mündung seines Jagdgewehrs. Gefahr drohte wohl nicht von dem Jungen. Leider war er übergeschnappt. Vielleicht stand er unter Drogen? Weshalb sonst sollte er hier nachts nackt herumlaufen?

„Jaja, mein Junge! Jetzt gehen wir erstmal zu meinem Wagen, und ich fahre dich nach Hause."

Tom blieb die Spucke weg.

„Haben Sie mich nicht verstanden?" brüllte er. „Meine Freundin ist hier drin." Er schlug an die Felswand. „Im Berg! In der Hohen Klippe! In einer Höhle."

„Jaja. Und du warst auch drin."

„Allerdings. Und das war kein Vergnügen."

„Aha. Und seit wann seid ihr dort drin – im Berg, in der Hohen Klippe, in der Höhle?"

„Genau weiß ich das nicht. Wir wurden von einem Ganoven betäubt. Er hat uns hineingebracht vermutlich – mit Helfershelfern. Erst in der Höhle wachten wir wieder auf."

„Betäubt hat er euch? Mit Drogen?"

„Was weiß ich! Mit einem Betäubungsmittel, wahrscheinlich. Können wir jetzt endlich was unternehmen!"

„Nur ruhig, mein Junge! Nicht aufregen! Wird ja alles wieder gut. Äh, nur verrat mir noch bitte: Wie bist du herausgekommen aus dem Berg?"

„In der Höhle ist ein See mit eiskaltem Wasser. Ich bin hinuntergetaucht, dann durch einen unterirdischen Kanal geschwommen und dabei fast ersoffen. In letzter Sekunde geriet ich in eine kleine Nebenhöhle, wo Gott-sei-Dank! eine Luftkammer war. Von dort fließt das Wasser durch einen Spalt aus dem Berg heraus. Und dieser Spalt ist die Drei-Herren-Stein-Quelle."

Brettschneider antwortete nicht sofort. Dann sagte er: „Ich kann nur wiederholen: Hier gibt es keine Höhle. Ich kenne jeden Fußbreit Boden."

„Sie glauben mir nicht", seufzte Tom. „Aber das ändert nichts an der Wahrheit. Ich war in der Höhle, und meine Freundin Nina Rehm, genannt Locke, ist noch drin. Aber nicht mehr lange. Ich hole sie raus, und wenn ich den verdammten Hügel mit der Spitzhacke abtrage. Weidmann! Können Sie bis drei zählen? *Weil* kein Aas die Höhle kennt – nicht mal Sie –, *deshalb* wurde sie unser Gefängnis, in dem wir verrecken sollten. Klar?"

Brettschneider nahm den Hut ab und wischte sich Schweiß von der Stirn. Er konnte nicht glauben, was der Junge behauptete. Dieses Märchen. . . Nein, es war einfach unmöglich.

„Hah!" sagte Tom. „Jetzt weiß ich's. Wir brauchen einen Fährtenhund. Nicki muß her. Der findet die Spur und damit auch den Eingang."

„Du hast einen Hund?"

„Sagte ich doch. Und was für einen! Ist eine Mischung aus Boxer und Wolfshund. Er nimmt. . . "

„Moment mal!" unterbrach ihn Brettschneider. „Den Hund kenne ich. Sagtest du, Conradi wäre der Name? Ist deine Mutter etwa die Tierärztin?"

„Sie ist es, Gott sei Dank!"

„Ach sooooo", dehnte Brettschneider. „Weißt du, ich bin seit Jahren ihr Patient. Das heißt, meine Hunde. . . Ich bin geplättet. So verhält sich das also? Jetzt ist alles klar. Nur dich habe ich noch nie gesehen."

„Ich bin nicht immer zu Hause", sagte Tom. „Die meiste Zeit verbringe ich nämlich in unterirdischen Höhlen. Ist ein Hobby von mir. Himmel, wir reden und reden. Und die Batterie der Taschenlampe ist bestimmt schon am Ende."

„Was meinst du mit Taschenlampe?"

Tom wollte es ihm erklären, hörte aber in diesem Moment den Wagen.

Er fuhr auf der Straße, näherte sich und hielt. Scheinwerferlicht war nicht zu sehen. Der Wald mit seinem dichten

Unterholz ließ nur Geräusche durch. Der Motor wurde ausgeschaltet. Einen Moment später fiel eine Tür zu.

„Pst!" machte Brettschneider. „Vielleicht ist das der Wilddieb. Gut, daß ich meinen Wagen versteckt habe."

„Was interessiert mich der Wilddieb?" zischte Tom. „Hier geht's um meine Freundin. Jede Minute länger in der Höhle sind Qualen für sie."

„Eins nach dem andern!" flüsterte Brettschneider.

Tom wollte noch schärfer widersprechen, doch im selben Moment fiel ihm ein: Wie nun, wenn das nicht der Wilddieb ist, der da kommt, sondern – Fannke?

★

Mitternacht war vorbei. Und im Hause Rehm, wo es sonst meistens fröhlich zuging, herrschte Trübsinn.

Gunter konnte nicht stillsitzen, lief umher, grübelte und kam zu keinem Ergebnis.

Helgas Gesicht spiegelte Niedergeschlagenheit. Sie saß auf der Couch und hatte die Arme um sich geschlungen, weil sie aus der Seele heraus fröstelte.

Mike blätterte schon zum dritten Mal ein Journal durch, ohne die Fotos zu sehen, geschweige denn, daß er eine Zeile gelesen hätte.

Nicki lag unterm Tisch und schnarchte. Dank seiner Aufmerksamkeit war Erich Goldmann gerettet worden, obschon in letzter Minute. Woher sollte der brave Hund wissen, daß Locke und Tom überfällig waren – wiedermal.

Immerhin – der Polizeipräsident persönlich hatte sich verbürgt, seinen Leuten Dampf zu machen, auf daß nach den beiden Teens gesucht werde. Die Besatzungen aller Streifenwagen waren angewiesen, die Augen offen zu halten; und jeder Uniformierte kannte die Beschreibung der beiden. Aber niemand wußte, wo man nach ihnen suchen sollte.

Mike legte das Journal weg.

Gunter ließ sich in einen Sessel fallen, lächelte seine Liebste an und meinte, es werde schon alles gut werden, aber aufgeweckte Kinder wären nun mal strapazierend für die Erziehungsberechtigten und näheren Anverwandten.

Helga seufzte und erbot sich, Tee aufzubrühen. Aber das wollte Gunter übernehmen. Er war auch nach Mitternacht Kavalier.

Bevor er in die Küche ging, wurde er von Mike gefragt, wo er die neuen Visitenkarten hätte.

„Liegen dort im Sekretär", erwiderte Gunter.

Mike trat zu dem antiken Möbel, fand den Stapel Karten und nahm eine heraus, um sie auch Helga zu zeigen.

„Sieht gut aus", meinte sie – sah genauer hin und entdeckte: „Aber da stimmt was nicht. Eure Telefonnummer ist falsch."

Mike überzeugte sich. „Tatsächlich. Die endet auf fünf, statt auf vier. Aber das reicht leider, um uns telefonisch vom Rest der Welt abzuschneiden."

Gunter hatte die Türen offen gelassen und mitgehört.

„500 Karten sind's," rief er. „Entweder wir verbessern die Endziffer 500 mal, oder wir können alle wegwerfen." Er klapperte mit Kanne und Teedose. „Nur gut, daß ich noch keine verteilt habe."

„Eine!" rief Mike. „An Börner."

„Ach ja. Aber das zählt nicht. Der ruft sowieso nicht an."

16. Wozu ein Druckfehler gut ist

Brettschneider hatte seine Lampe gelöscht. Er war dunkel gekleidet und verschmolz mit den Büschen.

Tom duckte sich neben ihn, denn von der Straße her näherte sich jemand. Zweige knackten. Eine Männerstimme murmelte, eine andere erwiderte was. Es klang keuchend, gepreßt, wie unter beträchtlicher Anstrengung.

„Es sind zwei", flüsterte Brettschneider, als hätte nur er das begriffen. „Sie kommen über den Pfad. Der führt ganz dicht hier vorbei. Hinter den Büschen."

Tom verschwieg, daß er das Gelände kannte. Für solche Erklärungen war jetzt nicht der richtige Moment.

Er spitzte die Ohren. Er hörte Schritte. Laub raschelte, und das Keuchen wurde lauter.

„Der ist schwerer, als er aussieht", murrte eine Stimme.

Beinahe wäre Tom in die Höhe geschnellt. Die Stimme! Unverkennbar. Das war Kappold, mit dem er sich – Himmel, das war ja erst nachmittags gewesen und doch schon endlos lange her! – gekeilt hatte, auf dem Parkplatz der Fannke-Chemie.

„In der Höhle wird er abnehmen", erwiderte der andere.

Am Ton konnte man hören, daß er grinste.

Mann! Tom war wie elektrisiert. Sie sprachen von der Höhle. Dann waren Kappold und der andere – Lehmann, vermutlich – Fannkes Komplicen! Wie vermutet. Und jetzt schleppten sie jemanden, der auch in die Höhle sollte.

Zweige knickten. Büsche rauschten, als die Ganoven sich durchzwängten. Sie verließen den Pfad. Sie kamen zur Felswand. Sie waren nahe, keine zehn Schritt entfernt.

Tom beugte sich zu Brettschneider.

„Noch nichts unternehmen", hauchte er ihm ins Ohr. „Das sind die Verbrecher, die auch uns hergebracht haben."

Brettschneider machte eine Bewegung, die Zustimmung bedeutete.

Jetzt sah Tom die Gestalten. Aus dem Schatten der Büsche traten sie ins Mondlicht. Sie trugen jemanden, der offenbar bewußtlos war. Seine Arme baumelten. Die Hände schleiften über den Boden. Der Kopf rollte hin und her.

Bei der Felswand ließen sie ihn fallen wie ein Stück Holz.

„Das war's!" Keuchend stützte Kappold die Hände auf die Knie.

„Das Pärchen wird sich wundern", sagte der andere, „wenn es plötzlich Besuch kriegt."

„Vielleicht sind sie schon verreckt", äußerte sich Kappold gefühlvoll.

„So schnell geht das nicht. Aber wenn der Proviant erstmal verbraucht ist, dann wird's hart da unten. Und jetzt Schrenk noch dazu! Das kann lustig werden."

„Ist die beste Lösung, wenn die da unten verschwinden – auf Nimmerwiedersehen. Fannke kann aufatmen. Was kriegen wir eigentlich für die Schwerstarbeit, die wir hier erledigen?"

„Darüber reden wir noch mit ihm. Zu kurz gekommen sind wir ja nie."

Sie hatten verschnauft. Jetzt rührten sie sich.

Tom hielt den Atem an. Schrenk! Auch der sollte verschwinden? Das konnte nur eins bedeuten: Er hatte versucht, Fannke zu erpressen – heute nachmittag. Nicht zu fassen, wie dieser Chemiefabrikant um sich schlug. Offenbar ließ der jeden aus dem Wege räumen, der ihm gefährlich wurde.

Metall klirrte.

Lehmann hielt was Längliches in den Händen und bohrte damit in der Felswand herum, zwängte Stemmeisen oder Meißel in einen Spalt und begann zu hebeln.

Der Fels ächzte. Gestein knirschte. Eine türgroße Steinplatte schob sich heraus. Auch Kappold griff zu. Vorsichtig ließen sie die Platte auf den Boden sinken.

Sesam, öffne dich! dachte Tom. Wer hätte das gedacht!

„Hast du das Seil?" fragte Lehmann.

„Vergessen. Es liegt noch im Wagen."

„Hm. Er krepiert zwar sowieso – aber ihn einfach runterschmeißen. . . Nee, hol's! Ich sehe inzwischen nach meinen Schlingen. Ach, so! Die habe ich ja abgeräumt. Damit der dämliche Brettschneider Ruhe gibt."

Bei dem Revierjäger brannten in diesem Moment die Sicherungen durch. Das Reizwort ‚Schlinge' bewirkte, daß er jede Vorsicht vergaß.

Seine Taschenlampe flammte auf. Das Licht fiel auf Kappold und Lehmann, die mächtig erschraken und auf dem Absatz herumwirbelten.

„Hände hoch!" rief Brettschneider. „Und keine Bewegung, sonst schieße ich."

So weit, so gut – aber statt sie in Schach zu halten, rannte er auf sie zu. Dabei passierte es. Er stolperte. Das Gewehr fiel ihm aus der Hand. Klirrend landete es auf den Steinen.

„Los, auf ihn!" schrie Lehmann. „Den machen wir fertig!"

Brettschneider bückte sich zwar. Doch Lehmann war schneller und stürzte sich auf ihn.

Keine Chance hätte der Revierjäger gegen die beiden gehabt. Als Vierter, sicherlich, wäre er in der Höhle gelandet.

Doch plötzlich tauchte ein Gespenst auf, eine helle Gestalt jedenfalls, die sich lautlos – weil barfuß – im Mondlicht bewegte.

Lehmann erschrak. Seine Abwehr kam zu spät – und hätte ohnehin nichts genutzt. Er erlebte den sehr harten Zusammenstoß von einem Ellbogen und einem Kiefer, wobei seinerseits der Kiefer beteiligt war. Das verursachte einen durch Mark und Bein dringenden Laut. Aber den hörte Lehmann nicht mehr. Er flog gegen die Felswand und fiel dann zu Boden, wo er so reglos liegen blieb, als hätte er sich den Rest der K.o.-Tropfen einverleibt.

Blitzschnell ging das.

Der anstürmende Kappold konnte nicht mehr bremsen. Im letzten Moment erkannte er, wer die helle, nämlich halbnackte Gestalt war.

Aber der ist doch in der Höhle! dachte er entsetzt.

Dann traf ihn ein Yoko-Geri-Ke-Kom, aber mindestens doppelt so wuchtig als bei der Prügelei vom Nachmittag.

Schlimmeres konnte ihm nicht widerfahren. Er brüllte, markerschütternd, aber kurz. Dann fiel er um und verlor das Bewußtsein.

„Donnerwetter!" staunte Brettschneider. „Du hast aber allerhand drauf. Ohne deine Hilfe wäre ich jetzt. . . "

„. . . so gut wie in der Höhle", unterbrach ihn Tom. „Glauben Sie mir jetzt? Ich bin immer noch wie vom Donner gerührt. Der Eingang tarnt sich ja mit einer Geheimtür!"

Brettschneider leuchtete in den tunnelartigen Einstieg. Dann gab er Tom die Taschenlampe.

„Hol deine Freundin raus. Inzwischen fessele ich die beiden."

„Zu der Höhle geht's senkrecht hinunter", erklärte Tom. „Etwa 30 Meter. Wir brauchen ein Seil, um Locke hochzuziehen. Klettergürtel sind unten. Seile auch. Aber ich glaube nicht, daß sie uns eins hochwerfen kann. Wir. . . Bitte, Herr Brettschneider! Wenn Sie die beiden gefesselt haben, holen Sie das Seil aus deren Wagen, ja. Meine Füße sind wund."

„Klar. Mache ich. Aber da drin scheint es kalt zu sein. Hier, nimm meinen Mantel."

Tom zog ihn an. Dann betrat er den Eingang zur Höhle.

Das erste, was er sah, war – sein Roller. Dahinter stand Lockes Gefährt. Und daneben die Sturzhelme.

Keine Spur sollte von uns bleiben! dachte er. Die Kaltblütigkeit dieser Verbrecher entsetzte ihn.

★

Locke hatte den Ruck am Seil gespürt. Als sie dann, wie verabredet, zog, ließ es sich federleicht einholen.

Um Himmels willen! War Tom aus der Schlinge gerutscht? Hatte sich der Knoten gelöst?

Das Ende tauchte auf aus dem schwarzen Wasser, und Locke ließ das Seil neben die Taschenlampe fallen, die sie auf den Boden gelegt hatte, um beide Hände frei zu haben.

Was war passiert?

Tränen stiegen ihr in die Augen.

War Tom ertrunken – dort unten, in schauriger, lichtloser Tiefe?

Ihre Phantasie malte entsetzliche Bilder. Noch nie war sie so verzweifelt gewesen. Zitternd setzte sie sich auf die Decke. Unentwegt starrte sie auf die Wasserfläche. Aber nichts rührte sich. Kein heller Körper tauchte auf.

Sie sah auf ihre Uhr. 20 Minuten waren vergangen. Fröstelnd hüllte sie sich in beide Decken.

Dumpfe Trauer überfiel sie. Die Verzweiflung lähmte. Sie beobachtete, wie der Schein der Taschenlampe matter und matter wurde. Nicht mehr lange, und sie würde erlöschen.

Wie furchtbar, dachte sie, daß Papi, Helga und Mike niemals erfahren werden, wo wir geblieben sind. Sie werden hoffen, daß wir eines Tages doch wieder auftauchen. Aber dann sind wir längst tot und begraben – in diesem schrecklichen Berg.

Zeit verging. Die Taschenlampe schimmerte nur noch wie eine erlöschende Kerze.

Und dieser Fannke bleibt ungeschoren! dachte Locke. Niemand wird ihn zur Rechenschaft ziehen. Wie ungerecht!

Sie dachte an Tom. Wäre er doch hier geblieben, statt sich auf dieses Wagnis einzulassen. Sie hätten sich aneinanderkuscheln können, und jeder wäre des andern Trost gewesen – auch wenn es keine Hoffnung mehr gibt.

„Lieber Tom", flüsterte sie, „bestimmt sehen wir uns wieder – in der anderen Welt."

Die Lampe erlosch. Locke schloß die Augen, um die Finsternis nicht zu sehen.

„Heh, Locke! Du schläfst doch nicht etwa?"

Toms Stimme riß sie hoch, als wäre ihr Sitz explodiert. Seine Stimme kam von oben. Aus großen Augen sah sie hinauf.

Dort, wo das Loch in der Wand war – 30 Meter über ihr – strahlte eine Lampe auf, fast so hell wie die Sonne und kein bißchen batteriematt. Tom bewegte seinen Scheinwerfer.

„Tom!" Ihre Stimme kickste.

„Was sagst du nun, Schatz? Ich habe einen Ausgang gefunden. Durch ziemlich viel Wasser. Hat mich rausgespült bei der Drei-Herren-Stein-Quelle. Irre, was! Im Hinblick auf Wasser ist mein Bedarf gedeckt. Diese Woche, das schwöre ich, werde ich nicht mal mehr duschen. Wie geht's?"

„Jetzt wieder prima! Aber die Lampe hat schlappgemacht. Woher hast du deine?"

„Von Herrn Brettschneider. Ist der Revierjäger hier. Er holt gerade das Seil, damit wir dich hochziehen. Er holt's aus dem Wagen, mit dem Kappold und Lehmann gekommen sind. Ja, du hörst richtig. Die wollten – halt dich fest! – Schrenk zu uns runterlassen. Auch der ist dem Fannke lästig. Aber jetzt . . . hahah! – pennen die beiden. Den Lehmann habe ich mit einem Empi-Uchi bedient und Kappold mit – du ahnst es! – einem Yoko-Geri-Ke-Komi. Jetzt, das hoffe ich, werden seine Bauchschmerzen chronisch *(langwierig)*. Aber Wärmflaschen gibt's auch im Knast."

Locke schnüffelte.

„Geht's dir wirklich gut?" fragte Tom besorgt.

„Ich heule vor Freude."

„Das darfst du. Aber gürte dich schon mal mit dem Klettergurt – damit wir dich endlich rausholen können aus dem verdammten Verlies."

★

Was in diesen Morgenstunden geschah, machte anderntags Schlagzeilen.

Auf dem Polizeirevier fielen sich Locke, Tom, Gunter, Helga und Mike in die Arme. Nicki war auch dabei, verstand zwar die allgemeine Aufregung nicht, verteilte aber zärtliche Schnauzenstöße an Lockes und Toms Adresse. Auch Brettschneider, der so angenehm nach Jagdhunden roch, wurde freundlich begrüßt.

Um Lehmann, Kappold und Schrenk kümmerte sich die Kripo. Die Ganoven waren am Boden zerstört. Und geständig. Jeder trug seinen Teil zur Wahrheit bei. Im übrigen wäre Leugnen zwecklos gewesen. Denn Brettschneider konnte bezeugen, was Kappold und Lehmann geplaudert hatten, als sie sich beim Eingang der Höhle allein glaubten.

Eindeutig ging daraus hervor: Was Reinold Fannke gewollt hatte, war Mordversuch – an Locke, Tom und auch an Schrenk.

Kappold und Lehmann bestätigten das und nannten auch das Motiv *(Beweggrund)* zu diesem verbrecherischen Vorhaben. Damit kam alles ans Licht, was die Fässer betraf: sowohl die mit dem Inhalt XT 44 als auch jene Unmenge, die der Industrielle seit Jahren auf eigenem Grund verbuddeln ließ. Um 3.00 Uhr früh wurde Fannke aus dem Bett geholt und verhaftet.

Später, bei der Gerichtsverhandlung, wurden exemplarische *(beispielhafte)* Strafen verhängt.

Fannke erhielt lebenslänglich. Seine Komplicen kamen nicht viel besser weg. Lediglich Schrenk wurde – vergleichsweise – milde bestraft.

★

Am Mittag nach dieser ereignisreichen Nacht versammelte man sich zum gemeinsamen Essen: nicht im Restaurant, sondern in trauter Runde bei den Rehms. Auch die liebe Oma war dabei. Gunter hatte seine Mutter aus dem nahen Birkenrode geholt.

Helga hatte sich einen Tag freigegeben und zusammen mit der Oma Köstlichkeiten gekocht – in der Rehmschen Küche, die sonst so stiefmütterlich behandelt wurde, weil Locke alles von sich wies, was auch nur entfernt an ein Hausmütterchen erinnert.

Sie aßen zu sechst, und die beiden Jüngsten erzählten zum xten Mal, was sie am gestrigen Tag erlebt hatten.

Dann erfolgte die Störung.

Das Telefon klingelte. Gunter meldete sich.

„Ich bin's", kratzte eine heisere Stimme. „Sie erkennen mich, ja? Ich habe das XT 44-Faß und will die Million. Ist das Geld bereit?"

„Die Stadt hat das Geld bereit gestellt."

„Aber keine Tricks! Ich warne."

„Sie erhalten das Geld im Austausch gegen das Giftfaß."

„Gut, gut! Aber erst kriege ich das Geld. Dann sage ich euch, wo das Faß ist. Klar?"

„Wo soll das Geld übergeben werden?"

„Das teile ich Ihnen mit – kurz, bevor es soweit ist. Ende!"

Der Erpresser legte auf.

Seltsam! dachte Gunter. Ich glaube, ich kenne die Stimme. Aber nicht vom ersten Anruf her, sondern. . . Hm!

Er ging an den Tisch zurück.

★

Die Oma kümmerte sich um die Küche. Gunter war mit Helga in die Stadt gefahren. Mike und das Pärchen saßen auf der Terrasse, denn auch heute schien die Sonne. Noch – denn der Wetterbericht kündigte eine Regenfront an.

500 Visitenkarten lagen vor Mike auf dem Tisch.

„Das wird wie Steineklopfen", meinte er.

„Was denn?" Locke hatte die Augen geschlossen und hielt das Gesicht in die Sonne.

„Ich muß – nein, ich habe mich erboten, 500 mal eine fünf in eine vier zu verwandeln."

„Was denn?" forschte Tom. „Haben die Karten einen Druckfehler?"

„Die Tagblatt–Rufnummer stimmt", nickte Mike. „Aber unsere Privatnummer endet um eine Ziffer zu hoch. Unser Erzeuger *(Vater)* läßt Gnade vor Recht ergehen und will die Karten trotzdem verwenden. Euch würde kein Zacken aus der Krone fallen, wenn ihr mit dem Griffel in der Hand aus der Fünf eine Vier machtet und. . . Oh, Verzeihung! Ihr habt ja noch den Höhlenkoller und seid nicht ansprechbar."

„Brüderlein!" sagte Locke. „Du bist unausstehlich. Kennst du denn überhaupt keine Rücksicht?"

„Ich habe gehört", sagte Mike, „die neue Klippental-Höhle soll nach euch benannt werden. Wie wird sie dann heißen? Engelbert-Nina-Verlies? Oder Locke-Tom-Höhle?"

„Merkst du's, Tom? Er platzt vor Neid."

Tom döste. „Ich verbitte mir jeglichen Spott, Mike", lachte er. „Mal deine Ziffern und freu dich, daß durch unseren Einsatz diese Stadt von einem Kerl wie Fannke befreit ist."

„Ja", Mike wurde ernst. „Ihr habt euch wirklich verdient gemacht und verdammt viel riskiert."

Eine Weile herrschte Schweigen. Nur Mikes Kugelschreiber kratzte.

„Würde zu gern wissen", Locke lachte, wobei sie nach wie vor das Gesicht in die Sonne hielt, „wer den andern Anschluß hat!"

„Was meinst du?" fragte Mike, während er weiter schrieb.

„Die andere Telefonnummer! Unsere, aber mit der Endziffer fünf statt vier."

„Wer weiß, ob's den Anschluß überhaupt gibt."

Locke stand auf. „Ich probier's. Falls sich eine deiner Freundinnen meldet, gebe ich dir Bescheid."

„Bähhhhh!" Mike streckte ihr die Zunge raus.

Locke ging ins Haus und zum Telefon, nahm den Hörer ab und wählte.

„Henzelmann", meldete sich der Teilnehmer.

„Guten Tag, Herr Henzelmann", sagte sie. „Mein Name ist Nina Rehm. Ich. . . "

„Rehm?" wurde sie von Henzelmann unterbrochen. „Ach! Jetzt wird's heiter."

„Wie bitte? Darf ich erstmal erklären, weshalb ich Sie anrufe! Ich bin einfach neugierig. Unsere Telefonnummer unterscheidet sich nämlich von Ihrer nur durch die Endziffer. Wir haben eine Vier, Sie eine Fünf. Und als mein Vater jetzt Visitenkarten drucken ließ, schlich sich ein Fehler ein. Ihre Nummer, Herr Henzelmann, steht nun auf unserer Karte. Aber das wird geändert."

„Da bin ich aber froh, mein Fräulein. Dann gibt es hoffentlich keine weitere Belästigung."

„Wie?"

„Na, was glauben Sie denn! Vorhin rief mich doch so ein Verrückter an. Verlangte einen gewissen Rehm. Wie meschugge *(verrückt)* haben wir aneinander vorbei geredet. Der sabbelte dauernd, er hätte das XT 44-Faß, ob ich mich denn nicht erinnere. Und wie es mit der Million stünde! Hat gedauert, bis der merkte, daß ich der Falsche bin."

„Das wird nicht wieder vorkommen", sagte Locke.

„Hat mich gefreut, Herr Henzelmann! Auf Wiederhören!"

Sie lief auf die Terrasse zurück.

„Könnt ihr euch das erklären", meinte sie atemlos. „Der Erpresser hat bei der falschen Nummer angerufen, bevor er vorhin mit Papi sprach." Sie erzählte.

Mike ließ seinen Kugelschreiber fallen.

„Ich werd' nicht wieder," rief er. „Das ist die verrückteste Sache, von der ich je gehört habe. Prinzessin! Du hast soeben den Erpresser entdeckt."

Locke sah ihn an. „Wer von uns war denn in der Höhle? Du oder ich? Bitte, Mike, dreh nicht durch! Du. . . "

„Hört zu!" Er sprang auf. „Eine einzige Visitenkarte mit der falschen Nummer wurde gestern von unserem Familienvorstand ausgegeben. Eine einzige! Und was geschieht? Jener, der sie erhielt, ruft bei der falschen Nummer an. Und gibt sich als Erpresser zu erkennen. Als *der* Erpresser! Als *unser* Erpresser! Schön! Er merkt seinen Irrtum. Er ruft dann – vermutlich – beim Tagblatt an, erfährt die richtige Nummer und meldet sich hier. Aber er hat sich verraten, Freunde! Er hat sich verraten!"

„Zwingende Logik", nickte Tom. „Und wer ist der Mensch?"

„Euer Börner!"

Locke und Tom sahen sich an. Plötzlich war alles klar.

„Dann hat er das zweite Faß", sagte Locke. „Kunststück!

Er war ja ganz in der Nähe, als Kappold und Lehmann die Fässer verbuddelten."

★

Der Rest war Routine. Die Polizei durchsuchte Börners Behausung und den Schuppen, der dazu gehörte. Das Faß wurde entdeckt.

Im Verhör schwammen Börner die Felle weg. Er gestand, daß er sich als Erpresser versucht hatte.

Wie man ihm auf die Spur gekommen war, erfuhr er freilich erst später: während der Gerichtsverhandlung, bei der er zu mehrjähriger Strafe verurteilt wurde.

Die Verhandlung fand am selben Tage statt, an dem Mäxchen Mück und Erich Goldmann aus dem Krankenhaus entlassen wurden. Beide waren völlig gesund, was sich bei Goldmann aber nur hinsichtlich der Verätzung behaupten ließ. Denn seinem Tick blieb er treu. Er spielte auch weiterhin Krieg.

Am nächsten Wochenende lud Gunter alles in seinen Wagen, was Rehm oder Conradi hieß. Sie fuhren ins Klippental, damit Gunter, Helga und Mike nun endlich die Höhle sahen.

Schaudernd blickten sie in den Abgrund, den jetzt Scheinwerfer erleuchteten. Hinunter stürzen konnte allerdings niemand. Bei der Steinbarriere schloß ein stabiles Gitter den Tunnel ab.

„Jetzt begreife ich erst, was ihr durchgemacht habt", sagte Mike. „Andere wären an so einem Erlebnis zerbrochen."

Leise sagte Helga: „Sie waren zu zweit. Und sie können sich aufeinander verlassen. Das – und nur das – hilft in der größten Not."

– ENDE –

Liebe Locke-und-Tom-Freunde!

Ganz schön aufregend, was die beiden erleben, nicht wahr?! Wenn es darum geht, anderen zu helfen, greifen Locke und Tom ein – koste es, was es wolle. Denn Locke ist schon ein tolles Mädchen, und Tom ein prima Kumpel, mit dem man Pferde stehlen kann. Es vergeht kaum ein Tag, an dem bei Tom nicht das Telefon klingelt: ,,Hallo Tom, hier Locke . . .!" Und was bei diesen Telefonaten ausgeheckt wird, erfahrt Ihr in den spannenden ,,Locke-und-Tom-Büchern", von denen es noch mehr gibt. Stefan Wolf hat sie geschrieben, den Ihr sicher schon als Autor der TKKG-Bücher kennt, auch einer erregenden PELIKAN-Serie. Gewiß interessieren Euch die anderen ,,Locke-und-Tom-Bücher" ebenso – mit den vielen lustigen Zeichnungen Eurer Lieblinge! Hier sind sie:

Hundejäger töten leise
In der Stadt verschwinden Hunde und Katzen. Täglich werden es mehr. Ganz offensichtlich sind gemeine Tierjäger unterwegs. Das vermutet die Polizei, und auch der Tierschutzverein hat einen Verdacht. Aber noch niemand weiß, was hinter diesen rätselhaften Diebstählen steckt. Werden die armen Tiere zu grausamen Versuchen benutzt, an deren Ende ihr ,,leiser" Tod steht? Locke und Tom, beide leidenschaftliche Tierfreunde, finden die richtige Spur. Sie führt nicht nur zu einem Tierhändler, dessen Geschäfte schon immer anrüchig waren. In den skrupellosen Handel sind noch ganz andere Leute verwickelt, hinter denen niemand solche Gemeinheiten vermutet. Aber weil Locke und Tom den gequälten Tieren helfen wollen, geben sie nicht auf.

Terror durch den heißen Draht
Eine unbekannte Mafia terrorisiert die Stadt. Angesehene Bürger, die jeder kennt, aber auch irgendwelche Nachbarn von nebenan werden nachts angerufen, bedroht oder zu erfundenen Terminen bestellt, wo Gangster sie hinterrücks überfallen. Was wollen die Verbrecher mit ihren ,,Todesfallen" erreichen? Warum jagen sie einer ganzen Stadt Angst ein? Terrorisieren harmlose Menschen durch den heißen Draht? Die Polizei blickt nicht durch. Locke und Tom wollen helfen, denn auch viele ihrer Freunde sind bedroht. Wieder einmal setzen sie sich den gefährlichsten Abenteuern aus, um rücksichtslosen Gaunern das Handwerk zu legen.

Die Fußball-Oma darf nicht sterben

Alle lieben Oma Meyer, weil sie immer fröhlich ist und den Jungs von der Fußballmannschaft hilft. Sie füllt die Vereinskasse auf, feuert begeistert die Spieler an, wäscht die verschwitzten Trikots. Deshalb heißt sie auch Fußball-Oma. Aber in letzter Zeit machen sich nicht nur Locke und Tom Sorgen um Oma Meyer. Irgendetwas bedrückt sie, doch sie will nicht so recht heraus mit der Sprache. Ist es die unglückliche Ehe ihrer Tochter? Hat sie Ärger mit den Burschen von der Konkurrenz-Fußballmannschaft? Oder machen sogenannte „Freunde" ihr Kummer? Als es schließlich zu regelrechten Mordanschlägen auf die liebe alte Dame kommt und eine seltsame „alte Bekannte" erscheint, da nehmen Locke und Tom die Sache in die Hand.

Flammen um Mitternacht

Ein nächtlicher Brand in Lockes und Toms Heimatstadt erregt mehr Aufsehen, als das ganze Feuer überhaupt wert ist. Zwar brennt ein Wohnhaus nieder, und das ist schon schlimm genug, aber was Feuerwehr und Polizei dabei feststellen, ist noch viel erschreckender: Aus den Flammen werden 50 Menschen gerettet, wo doch im ganzen Haus höchstens zehn Leute Platz gehabt hätten. Dazu tauchen bei dieser Gelegenheit plötzlich Ausländer auf, die unter jener Adresse gar nicht registriert waren. Was ist hier vorgefallen? Menschenhandel? Illegale Arbeitskräfte? Locke und Tom sind davon überzeugt, daß etwas oberfaul ist. Wie immer, lassen die beiden Unentwegten nicht locker . . .

Überfall nach Ladenschluß

Die Mafia geht um. In der Stadt werden italienische Gastwirte von sizilianischen Landsleuten erpreßt. Sie fordern Geld. Schutzgeld, nennen sie das. Der Boß heißt Cordone, aber er hat einen Rivalen, von dem er nichts weiß: Vittorio mit der roten Maske. Er überfällt und plündert auf eigene Rechnung. Wenn die Mafia nicht schnell genug ist, schnappt er sich das „Schutzgeld" selbst. Und dann terrorisiert noch ein Maskierter seine Mitbürger. Er treibt im Schatten der Mafia sein Unwesen: Wilhelm Hartmann. Als er eine Frau überfällt, verliert er seine Maske und wird von Locke erkannt. Seitdem lebt sie gefährlich, denn sie muß damit rechnen, daß der Verbrecher sie als Zeugin beseitigen will. Da begegnet sie Hartmann ganz allein, an einer einsamen Stelle . . .